Narratori Feltrinelli

Giovanni Montanaro
Come una sirena

Prima edizione ne "I Narratori" ottobre 2023

Stampa Grafica Veneta S.p.A. di Trebaseleghe - PD

ISBN 978-88-07-03568-5

FSC
www.fsc.org
MISTO
Carta
da fonti gestite in
maniera responsabile
FSC® C021883

GRAFICA VENETA
GV CARBON NEUTRAL

Questo libro è stampato da Grafica Veneta S.p.A.
con un processo di stampa e rilegatura certificato 100% carbon neutral
in accordo con PAS 2060 BSI

Come una sirena

La vita stessa è la fiaba più meravigliosa.

HANS CHRISTIAN ANDERSEN

Sono la sesta figlia del re del mare.

Ho la pelle come i petali di rosa, occhi azzurri color fiordaliso e dodici ostriche sopra la coda. Vivo dove l'acqua è limpida e profonda, ma mi attrae l'altro mondo, quello dove abitano gli uomini. Sin da bambina ho ascoltato i racconti di chi era stato sulla terra, di navi e città, del chiasso delle carrozze, degli animali che non sono pesci e dei profumi, che sott'acqua non esistono.

Al compimento dei quindici anni, a una sirena è concesso di nuotare verso il mondo e così ho fatto. Quando sono uscita in superficie era l'imbrunire, davanti a me c'erano nuvole d'oro e una nave con tre alberi e una vela da cui provenivano musica e canti. Dall'oblò di una cabina ho intravisto un gruppo di giovani in festa: in mezzo a loro ce n'era uno che sembrava diverso. Moro, gli occhi scuri, lo sguardo riflessivo. Doveva essere un principe, perché gli altri si rivolgevano a lui con deferenza ed era vestito di seta e velluto.

Il principe è uscito dalla cabina ed è ricomparso poco dopo sul ponte. Proprio allora, una raffica di colpi forti come tuoni ha riempito l'aria, poi il blu della notte si è acceso ed è stato come se cento stelle cadessero tutte in una volta, e il cielo e il mare fossero un'unica cosa, e non ci fosse più differenza tra noi e loro, tra le creature della terra e quelle dell'acqua.

Quando la festa è finita, però, sul fondo del mare è successo qualcosa. Si sono levate onde di schiuma, onde sempre più alte, nere muraglie davanti allo scafo oscillante: la nave saliva in cima e poi precipitava, continuamente. Il ponte si è riempito di gente che urlava e correva senza sapere dove andare, finché l'albero si è spezzato, la nave si è rovesciata su di un fianco, le assi di legno hanno ceduto con uno schianto e l'acqua ha ricoperto ogni cosa.

Il principe stava annegando, allora ho nuotato verso di lui, sono riuscita ad afferrarlo. Aveva gli occhi chiusi, ma respirava ancora e l'ho tenuto stretto, con la testa fuori dalle onde, che ci sballottavano di qua e di là. Gli parlavo, continuavo a parlargli perché non si addormentasse per sempre.

Al mattino la tempesta si è placata. Mentre il sole saliva nel cielo rosa, sono arrivata fino alla spiaggia; in lontananza si vedevano boschi, e palazzi bianchi con giardini di aranci e limoni. Il principe era salvo. L'ho vegliato finché un gruppo di uomini è arrivato in suo soccorso: solo allora mi sono rituffata e sono sparita con un colpo di coda.

Lui non mi aveva visto; aveva solo udito la mia voce.

L'anatroccolo

All'inizio dell'Ottocento, a Odense viveva una prostituta che aveva partorito tre figli da tre uomini diversi. Abitava con una delle sue creature, di nome Anne Marie, che aveva superato i trent'anni, era alta e spigolosa nel corpo, ma bella e dolce nel viso. Anne Marie aveva avuto un marito, in gioventù, e aveva dato alla luce una bambina, Karen Marie.

A Odense viveva anche un calzolaio di nome Hans Andersen. Era figlio di un vecchio a cui tutti erano affezionati: Anders Hansen, detto Traes. Un tempo era stato ricco, ma la sua fattoria era andata a fuoco, le bestie erano morte e aveva perso tutto, anche la ragione. Girava per la città con una corona di fiori in testa e intagliava mostri nel legno. Il più delle volte farneticava, convinto di vivere le storie della Bibbia, e quando i suoi deliri si facevano più acuti lo ricoveravano per qualche giorno al Graabrøde, l'ospedale dei matti, dove lavorava la moglie, Anne Cathrine, che si occupava del giardino e gli voleva ancora bene.

Hans Andersen amava viaggiare, non credeva più in Dio e non viveva la vita che avrebbe voluto. Era più giovane di Anne Marie di dieci anni, e dieci centimetri più basso. Cuciva scarpe da quando era bambino e trovava che Anne Marie fosse la più bella di Odense. Se la vedeva elemosinare qualche scellino si intristiva, ma subito pensava che avrebbe provveduto lui ad assicurarle un'esistenza dignitosa.

Quando Anne Marie si era sposata era stato geloso, ma

quel matrimonio era finito e nel frattempo Hans era diventato un uomo. Nessuno voleva più Anne Marie, ma lui sì, e così la corteggiava, le regalava fiori e le recitava poesie, e anche se lei non si aspettava più niente dalla vita si erano incontrati di notte, dalle parti del ruscello Rosen, dove si dice che vengano pescati tutti i bambini che nascono a Odense.

Si sposarono nel gelo di febbraio, quando lei aveva già una pancia grossa come la luna piena. Il 2 di aprile nacque un bambino, che fu battezzato Hans Christian Andersen nella parrocchia di Sankt Knud.

Insieme, andarono ad abitare in una piccola casa gialla in Munkemøllestræde, la zona vicino alle mura, la più povera della città. Stavano in un'unica stanza dove si mangiava e si dormiva, con le pareti imbiancate a calce, il soffitto basso con le travi a vista, un letto matrimoniale e un materasso per il piccolo, finestre con tende graziose e una stufa con lucenti tubi di rame.

Passarono gli anni. La casa era angusta, scomoda, piena di spifferi, ma ad Hans Christian Andersen pareva una reggia, perché era l'unico bambino in casa, e il poco che c'era era tutto suo.

Sua madre non gli parlava molto, ma lo abbracciava di continuo, come se avesse paura che le scappasse via. Suo padre faceva scarpe robuste, suole, tomaie e lacci; duravano a lungo e costavano otto talleri. Lavorava tutto il giorno e non aveva tempo per giocare con il bimbo, ma quando veniva il buio accendeva una candela e lo chiamava accanto a sé. Quel figlio era alto e mingherlino, lungo come una cicala.

"Mi leggi qualcosa?"

"*Le mille e una notte.*"

A Odense pochi conoscevano l'alfabeto ma suo padre sì, e gli leggeva Holberg, Heine, e altri poeti, gli mostrava libri di pittura e di scultura, e gli raccontava tante fiabe. Cominciava così: "In una lontana città dell'Arabia vivevano Aladino e sua madre, vedova e inferma". Allora, nella casa di Odense non c'erano più la povertà, il freddo, la paura, e se anche fuori dalla finestra era tutto bianco di neve, il piccolo Hans vedeva distese di sabbia, e un'oasi con al centro una palma. Se anche c'era silenzio, sentiva sibilo di serpenti e scalpitare di cavalli: bastava strofinare una lampada, e ogni cosa poteva accadere.

"Ma i desideri si avverano, papà?"

"Qualche volta sì."

Allora Andersen fantasticava: da grande, pensava, voglio salire sul palco di un teatro. Esibirmi davanti a tutti.

Il padre gli fece una sorpresa; prese martello, pennelli e forbici, un pezzo di legno e un po' di stoffa. Cominciò dal fondale, poi ci incollò le quinte, colorò una scenografia di case che somigliava a Odense e ci mise, davanti, un sipario.

Il bambino era entusiasta: usò dei ritagli di stoffa per vestire dei pupazzi di cartapesta, si inventò un mandriano con i capelli bianchissimi e un lungo bastone, una ragazza con gli occhi grandi come tazze da tè, quattro cavalli, un prestigiatore vestito da contadino, veleni e conchiglie, scoiattoli, fazzoletti e scarpe rosse.

Così, immaginava le storie.

Odense aveva quaranta strade, un mulino, mille case e tre chiese, e quel bambino le conosceva tutte. Andava alla Cattedrale e poi a vedere la parata dei soldati, si inebriava del profumo dell'oca arrosto che usciva dall'osteria e gli piaceva confondersi con la gente elegante. Presto, però, si intristiva; era per via dei suoi abiti lisi, così diversi da quelli degli altri. Era perché gli pareva di esser brutto, un corpo che non può essere amato, che è la cosa peggiore che si possa pensare di sé.

Non l'aveva certo capito da solo, ma dagli sguardi degli altri. Aveva piedi da gigante, braccia e gambe lunghe, senza proporzione, il naso grosso, romano, occhi piccoli dalle palpebre pesanti.

Di bambini ce n'erano di tutti i tipi: alti, bassi, grassi, magri, spiritosi o antipatici, spericolati o codardi. Tra tutti, però, lui – troppo timido per farsi rispettare – era quello che subiva le prese in giro più crudeli. "Sembri una giraffa!" gli gridavano, per via del collo lungo. "Non ti vogliamo nella nostra squadra," rincarava qualcuno se facevano la lotta, "sei troppo goffo." Lo escludevano da confidenze e avventure, per esempio quando si intrufolavano in una casa abbandonata o rubavano le patate al mercato.

Andersen restava a guardarli. Mentre gli altri giocavano si sedeva in disparte, su un muretto o su una panchina, e aspettava che qualcuno lo chiamasse. Ma non lo chiamava mai nessuno.

"Venite a vedere!" gridò una volta uno scricciolo rosso di capelli agitando un misterioso libretto.

Andersen si affrettò insieme agli altri e sbucò con il suo lungo collo da quel nugolo di ragazzini. Il rosso aveva portato in piazza un libretto pieno di disegni a china che ritraevano uomini e donne senza vestiti, tutti abbracci e carezze.

"Guarda come è fatta una donna!" diceva uno ridendo.

"Io lo so, perché ne ho viste tante," gli faceva eco un altro.

"Io ho visto nuda solo tua madre," gridò un terzo.

Erano eccitati, e notarono che invece lui era imbarazzato. "Ti fa schifo, Andersen?" Lo chiamavano così, per cognome, perché non aveva fratelli.

"No, no."

"Non è vero. Sei tutto rosso!"

Alla fine, così, preferiva stare con le bambine.

Non si spintonavano, non si insultavano e adoravano i fiori. Avevano pazienza, desiderio, timidezza e sapevano dire le cose meglio dei maschi. È che quando percepiva i loro primi innamoramenti, fragili e fragorosi, si dispiaceva di non essere mai il prescelto.

Forse, però, nemmeno a lui piacevano tanto, non in quel modo almeno.

Un giorno, una bambina ebrea di nome Sara gli andò incontro, in mezzo a tutti, e gli si sedette vicino.

"Come ti chiami?" le chiese.

"Sara. E tu Andersen."

"Come lo sai?"

"Ti conosco. Mi piace la tua voce quando canti, e per questo vorrei darti un bacio."

Era la prima volta che riceveva una richiesta del genere, rimase perplesso. Sapeva cos'erano i baci, perché i suoi genitori glieli davano e perché aveva capito che a un certo punto della vita si danno anche agli sconosciuti. Certo, non trovava che Sara fosse molto bella, con tutte quelle lentiggini che sembravano una spolverata di cacao, ma voleva provare un bacio e allora chiuse gli occhi e strinse le labbra, come dovessero pungerlo con uno spillone.

"Ma non posso dartelo qui, il bacio, davanti a tutti."
"No?"
"Dobbiamo nasconderci. Ho sempre fatto così, per tutti i baci che ho dato."
"Ne hai dati tanti?"
"Sì. Sono una bambina del nuovo secolo."
Se lo portò dietro alle case, tra le siepi di granturco. Gli chiese di abbassarsi perché era troppo alto. Allora lui piegò il collo e sentì un profumo intenso, sconosciuto, mentre Sara gli appoggiava le labbra prima sulla guancia, e poi sopra le sue. Durò un attimo e subito gli chiese: "Non è male, no?".
"No," rispose lui, ma non gli era tanto piaciuto.

A tormentarlo, c'era invece Gotfred.
Ogni giorno Andersen andava a lezione da un ebreo che insegnava aritmetica e grammatica ai poveri e aveva una casa misera ma calda, dove si radunavano una decina di allievi. Prima di uscire, Andersen scostava le tende e sbirciava fuori.
"Che cosa guardi?" gli chiedeva la madre.
"Vedo che tempo fa."
In realtà controllava la casa di Philip Schenk, il cappellaio, padre di sei figli, tra cui Gotfred, che aveva qualche anno più di lui. Andersen non metteva il naso fuori di casa se prima non lo aveva visto uscire.
"Arriverai tardi a scuola," gli diceva la madre.
"Adesso vado."
"Mi farai perdere la pazienza."
Andersen indugiava, perché le perfidie di Schenk lo spaventavano più degli scapaccioni che poteva buscare da sua madre. Sapendo di essere spiato, Schenk si nascondeva alla svolta per tendergli un'imboscata.
"Mostro!" gridava furioso ad Andersen.
Lui faceva finta di niente, e con la testa bassa e gli occhi arrabbiati accelerava il passo. Taceva sapendo che, se solo avesse risposto, l'altro avrebbe continuato a insultarlo e sarebbe finita male. Qualche volta, però, sbottava: "Stai zitto, Schenk!".

"Che voce stridula hai! Sembri una femmina."

Lo tormentava con le parole, ma non solo.

Gli si avvicinava con un bastoncino infuocato e gli diceva che voleva bruciarlo, poi lo toccava con le mani calde, umide, bagnate del suo piscio, e d'inverno gli infilava la neve dentro la sciarpa, facendogli colare l'acqua gelida giù per il collo.

Se Andersen reagiva, l'altro raddoppiava insulti e dispetti, e qualche volta lo afferrava, lo gettava a terra. "Fermati," lo implorava Andersen terrorizzato, e poi se ne tornava a casa dolorante.

C'erano però dei giorni in cui Schenk sembrava diverso; gli raccontava di un fratellino malato, che non riusciva a camminare e parlare, del letto in cui dormivano a turno, degli schiaffi che suo padre dava a sua madre. Andersen si faceva premuroso.

Avrebbe voluto abbracciare Schenk, rincuorarlo, dargli un bacio sulla guancia, anche se tra maschi certo non si usava. Sapeva che anche lui soffriva, che spesso soffrono di più quelli che non hanno le parole per dirlo, e allora provava a confortarlo: non doveva preoccuparsi, le cose sarebbero andate, in qualche modo, come va la vita, e lui da grande avrebbe fatto il pescatore, proprio come sognava.

Quando però arrivavano davanti a Sankt Knud, Schenk lo spingeva via: "Vattene, Andersen, non voglio che ci vedano insieme".

Finiva così per stare spesso da solo.

A casa giocava con il suo teatrino o magari con dei nastri colorati o degli avanzi di stoffa. Prendeva le forbici, ritagliava pezzi di carta e ne faceva un cavallo, una damina, un uomo dai grandi baffi. Se poi gli finiva la fantasia, saliva una scala di legno e sbucava con la testa da una botola sul tetto e lì stava in silenzio, disteso, per ore, e guardava fino al mare, cercava di immaginare Copenaghen con i suoi palazzi, le strade eleganti, le carrozze, e il mondo gli sembrava enorme, tutto da conquistare.

Gli piaceva camminare. Dalla parte del ruscello Rosen aveva scoperto una piccola isola, oltre un bosco fitto di alberi, e lì non c'era mai nessuno, solo le tracce di un lupo o di una volpe. Aveva costruito una tenda fatta con quattro rami e un vecchio lenzuolo e davanti aveva disposto una passatoia di foglie che portava al trono, un masso nerastro: si era proclamato re di un regno sconfinato.

Pregava, perché credeva in Dio.

Osservava l'alternarsi delle stagioni; imparava come crescono le piante, i fiori, i frutti. Con la primavera, il grano saraceno diventava giallo, l'avena verde. Intorno a lui c'erano prati e boschi, e tra le rocce e l'acqua vedeva le grandi foglie verde brillante del farfaraccio. In certe mattine d'estate si spogliava e scendeva cauto sul fondo sabbioso del fiume.

Si sentiva libero.

Lì, nell'acqua, nessuno lo guardava.

Lì, nell'acqua, era come tutti.

Non era più né bello né brutto, somigliava soltanto a una spiga di grano, a una nuvola, a un pesce, perché la natura non guarda nessuno con gli occhi cattivi degli uomini.

Nuotava da solo, tutt'al più in compagnia – a volte – di qualche anatroccolo.

Anne Marie si accorgeva che il figlio era più intelligente di lei, ben più curioso, e spesso non era in grado di rispondere alle sue domande. Ma sapeva che è tutt'altro, nella vita, a fare la felicità, e il suo cruccio era vederlo debole, con Schenk che lo picchiava e gli altri che lo prendevano in giro; sentiva di non avergli insegnato a difendersi, di aver fatto un figlio che avrebbe sofferto.

La vita era stata spietata con lei, e neanche quel figlio aveva cambiato il suo destino. Anne Marie era fragile di nervi e di muscoli, la fatica dei giorni le colava addosso come miele, e così trascurava sé stessa e la casa. Si preparava una scodella di birra con burro e zucchero e la beveva a letto. D'inverno usciva di rado, e certi giorni pareva una statua; piangeva senza muoversi, non singhiozzava, non gridava, non si sfogava.

"Perché piangi?" le chiedeva Andersen.

"Non sto piangendo," rispondeva lei.

"Vuoi che ti canti qualcosa?"

"Sì."

Se cantava per lei, le lacrime si fermavano.

Ad Andersen piaceva la musica, aveva buona memoria e senso del ritmo. Sentiva le canzoni in chiesa o dai musicanti di passaggio, quelle del nonno Anders o di suo padre, che le fischiettava lavorando di lesina e punteruolo sul suo deschetto. Erano canzoni allegre, di ragazzi che fanno l'amore in mezzo al granturco, e anche strazianti, qualche volta, di bambini annegati nel fiume, ma a lui piacevano comunque, perché nessuna, da sola, raccontava tutta la vita.

Aveva una voce splendida: quando parlava era stridula, sottile, vischiosa, ma se cantava si trasformava. Si puliva, si tuffava nel mare. Chiara come quella di un angelo, profonda come un vulcano.

"Sembri un usignolo," gli diceva commossa sua madre.

Cantava per strada, sotto i portici, in chiesa, al ruscello Rosen. Cantava finché aveva voce. Finché non si metteva a singhiozzare dal dolore. Finché non stava bene.

Qualche volta cantava tra i prati. Cantava per sé, ma sperava sempre che qualcuno lo sentisse e si fermasse ad ascoltarlo, che si emozionasse, che gli facesse i complimenti.

Le prime volte non gli si avvicinava nessuno, e così smetteva dopo il primo ritornello. Ma presto alcuni vecchi del quartiere presero l'abitudine di stare lì e trascinarono le mogli, e poi i bambini, e anche loro rimanevano zitti, trasognati, curiosi di lui, senza più astio né diffidenza.

La fama del suo talento si sparse velocemente in città. Capitava così che qualche famiglia, per curiosità o misericordia, lo chiamasse a esibirsi durante una cena o a metà pomeriggio, mentre le pentole cominciavano a sobbollire sul fuoco.

Ogni giorno trascorreva lunghe ore dalla vedova del pastore, Fru Bukenfold, che gli leggeva Shakespeare e gli regalava un tallero. Un giorno finì da Iversen, lo stampatore del giornale locale, l'uomo più ricco e potente di Odense.

La guerra venne all'improvviso.

I francesi mossero contro i tedeschi e si allearono con i danesi. Subito arrivò la crisi, perché i governi dovevano pagare armi e soldati. Non c'erano più soldi, e i confini erano bloccati, le navi non partivano, le stoffe e il grano ammuffivano nei magazzini dei porti. Dopo la crisi venne l'inflazione e rincararono il cibo, i vestiti e anche il pellame, finché un paio di scarpe non venne a costare più di venti talleri, che a Odense nessuno aveva da spendere. Anne Marie andava al Comune con gli altri poveri: si metteva in fila per farsi dare grano da mangiare e torba da bruciare, ma era poca cosa, e non bastava mai.

A casa cominciarono a litigare. Erano troppo stanchi per sapersi aiutare. "Dovresti lavorare anche tu," diceva Hans alla moglie, severo e non più innamorato.

"Nessuno mi prende."

"È colpa tua, della reputazione che ti sei fatta."

"Un tempo non mi parlavi così."

Hans rimuginò e pensò che anche lui doveva trovarsi qualcosa di diverso da fare, anche se in città non c'era più lavoro. Forse, però, quella guerra era un segno del destino. Da anni seguiva le gesta di Napoleone, le battaglie di artiglieria nella neve di Brienne, le conquiste; quel militare che veniva dalla Corsica era un uomo eccezionale, eroico e spregiudicato. Forse, la vita può cambiare all'improvviso, si immaginava Hans.

Non era tenuto ad arruolarsi nell'esercito, per una legge della città che consentiva agli uomini che abitavano vicino alle mura di rimanere a casa. Ma lui voleva andare al fronte e fece uno scambio con il figlio di un ricco contadino che aveva ricevuto la chiamata alle armi. Hans ne ebbe in cambio qualche tallero, lo lasciò alla moglie ed entrò nel 5° reggimento del re, III battaglione. Rimase in Danimarca per nove mesi e poi andò verso la Germania, a sud. Di nemici ne vide pochi, e anche di soldi; solo ogni tanto riusciva a mandare qualche spicciolo, insieme a una lettera in cui scriveva che presto si sarebbe avvicinato al fronte, ma che non stessero in pensiero per lui.

La situazione, però, continuava a peggiorare.

Andersen sentiva lo stomaco brontolare e qualche volta gli sembrava di delirare, di non capire più niente, e non gli bastava più nemmeno la fantasia per star bene, perché si sentiva troppo debole e fiacco persino per sognare. Le notti erano infernali, a respirare era freddo come la morte, l'inverno non passava mai e la stufa non dava calore, che a metterci le mani vicino ti pareva di gelare ancora di più. Dormiva con sua madre e provava a consolarla: "Ce la faremo, mamma".

Passò quasi un anno e Andersen ne compì dieci. La guerra finì, Hans tornò illeso, senza aver sparato un colpo; non disse niente, si rimise vicino alla finestra e riprese a cucire e riparare scarpe, ma il suo cuore si era rotto come un bicchiere di vetro. Non erano stati i morti e le atrocità che infine aveva visto, ma la certezza che la sua vita sarebbe passata senza gloria, con tutte le sue speranze finite di nuovo, finite davvero.

Diventava ogni giorno più magro. Non toccava cibo, non parlava, lavorava stancamente. I commerci erano ripartiti, le scarpe si vendevano, ma lui non riusciva a finirle e poi sbagliava, si incaponiva, le rovinava strappando via le fibbie che aveva cucito storte. Una sera d'inverno, mentre era seduto davanti alla finestra, la sua faccia diventò blu per lo spavento e lo sentirono esclamare: "La fanciulla di ghiaccio sta venendo a prendermi". Gli salì la febbre: cominciò a delirare, si convinse di essere di nuovo al fronte, di parlare con Napoleone.

Hans impazzì, come era impazzito Traes. In breve, morì.

Sua madre aveva dovuto mettersi a lavorare; ogni tanto raccoglieva erbe per il farmacista o dava una mano nelle cucine di qualche ricca famiglia del paese. Ma era lenta, imprecisa, e veniva subito licenziata.

Non le restava che svegliarsi presto, al mattino, e fare il giro delle case della città, ritirare i panni sporchi e lavarli al torrente. In estate la temperatura era sopportabile, ma d'inverno si gelava e allora chiedeva al figlio di scendere al fiume un paio di volte al giorno, per portarle da bere. Andersen si vergognava, ma obbediva; nascondeva una fiaschetta in tasca e correva veloce, in modo che nessuno lo vedesse.

Un giorno, si presentò a casa un uomo.

Andersen lo conosceva di vista, faceva anche lui il calzolaio. Si chiamava Niels Jørgensen Gundersen ed era scontroso, parlava a voce bassa, masticando le parole, e beveva pure lui. La madre gli chiese di lasciarli soli, che avevano delle faccende da sbrigare, e gli ordinò di non tornare fino all'ora di cena. Andersen, contrariato, vagò per Odense fin quando non sentì provenire dalle altre case acciottolio di stoviglie; allora corse a casa e vi trovò sua madre da sola, con un'espressione beata in volto. Nell'aria, però, stagnava un odore acre, di sudore misto a qualcos'altro che non aveva mai sentito.

"Tua madre si fotte il calzolaio," gli disse Gotfred il giorno dopo.

"Non è vero."

"È come tua nonna, fa la puttana perché siete dei morti di fame!"

Andersen reagì alla provocazione, provò a insultare Schenk, ma quello lo afferrò per le spalle e lo mandò per terra in mezzo al fango.

Andersen capì che sua madre non si prostituiva, Niels era solo una compagnia: la vita in due diventava più semplice. L'uomo si fece vedere sempre più spesso in Munkemøllestræde. Arrivava, appoggiava la giacca sulla stufa, guardava Andersen con un misto di pietà e sconcerto: anche a lui sembrava strano.

"Non ti piaccio, vero? Dovrai abituarti, però, perché sposerò tua madre."

Te lo impedirò, gli giurò silenziosamente Andersen, ma non aveva certo il potere di farlo, e finì che i due si sposarono al compimento dei suoi tredici anni. Niels si trasferì da loro, e nel dormiveglia lui li sentiva che si accarezzavano, si cercavano.

Andersen soffriva, disgustato, e pensava che mai nella vita si sarebbe lasciato sfiorare da un simile ubriacone. Avrebbe voluto mandarlo via a calci, e invece Niels si comportava sempre più da padrone; ebbe persino l'ardire di prendere gli attrezzi del papà e si mise a lavorare proprio dove si metteva lui, davanti alla finestra.

"Cosa vuoi fare da grande, Andersen?" gli chiese una volta, pensando che il ragazzo avrebbe dovuto cominciare a provvedere a sé stesso.

"Voglio lavorare in teatro."

Niels scoppiò a ridere: "Questa è l'idea più balzana che abbia mai sentito! Dovresti far scarpe. Non ti ha insegnato, tuo padre?".

"No."

"Vuoi che lo faccia io?"

"No."

"Presto o tardi dovrai imparare un mestiere."

Era vero. Avevano bisogno di qualche tallero in più, perché suo padre aveva lasciato molti debiti, e così la madre lo mandò alla fabbrica di tessuti Koch e Hirschfeldts, fuori città, dove cercavano un garzone.

Era un grande edificio di mattoni, con le pareti annerite impregnate di zolfo e fumo. C'erano ragazzi della sua età, e qualcuno più giovane, ma anche vecchi, donne e uomini e immigrati dalle zone più povere della Germania. C'era sporcizia e tristezza.

Soprattutto, il lavoro era pesante; Andersen doveva trasportare enormi rotoli di tessuto dalla zona dei telai agli alti scaffali in cui venivano riposti, sotto la sorveglianza di un caporale dai baffi biondi che lo copriva di insulti: "Rammollito! Sembri una foca". Con i muscoli delle braccia che bruciavano, la faccia sporca, la giubba strappata, Andersen era sconfortato. Sarebbe stato anche lui un operaio, come tutti gli altri, e forse nemmeno avrebbe trovato una donna, non si sarebbe mai fatto una famiglia; Sara ogni tanto glielo chiedeva, ma lui aveva capito che non gli piaceva.

Un giorno, però, nel baccano dei telai che andavano a pieno regime, sentì levarsi una nenia. All'inizio credette fosse un sogno, forse era tanto stanco che delirava, invece era una donna che si era messa a cantare sovrappensiero. Poco dopo un'altra voce si unì alla sua, e poi un'altra ancora, e ben presto alle donne si unirono anche gli uomini. Il loro canto sovrastava perfino il fracasso degli ingranaggi. Era un canto di disperazione e speranza insieme.

Anche Andersen si mise a cantare, e subito si rese conto che la sua voce spiccava sulle altre. Molti se ne accorgevano e si giravano dalla sua parte per guardare se fosse proprio lui, il ragazzetto che trasportava i rotoli di tessuto, l'autore di quella melodia, e pian piano smisero di cantare, perché era più bello sentire lui che continuare insieme.

Il caporale con i baffi biondi che l'aveva tormentato si avvicinò stupito e gli propose un patto: se avesse accettato di andare in giro per la fabbrica cantando, si sarebbe occupato qualcun altro di trasportare i rotoli di tessuto: "La tua voce ci renderà più lieve la fatica".

Ad Andersen non parve vero, e così per qualche giorno

camminò avanti e indietro nel capannone, zigzagando tra i telai, e a tutti donava qualche istante di pace.

Alla fine di un turno serale, però, gli si avvicinò un gruppo di uomini. Avevano l'abitudine di sniffare di nascosto le tinture, perché inalarle li rendeva euforici. "Cantaci qualcosa." Andersen si accorse che erano alterati, ma, lusingato dalla richiesta, intonò un salmo della Bibbia, convinto così di calmarli. Vide però che quegli altri non lo ascoltavano, e invece mormoravano tra loro.

"Secondo me è una femmina," diceva uno.

"Ma no! Non vedi che è un maschio?"

"Non può avere quella voce, se è un maschio."

Si trovarono d'accordo sul fatto che bisognava accertarsene, sicché uno degli energumeni gli ordinò: "Togliti i pantaloni".

Alla violenza di quella richiesta, Andersen smise subito di cantare: "Cosa volete farmi? Andatevene!", ma quelli gli avevano già messo le mani addosso e, mentre due lo tenevano per le braccia, gli altri armeggiavano con la cintura per slacciargliela.

"Vogliamo solo vedere se sei davvero un maschio."

"Basta... Basta! Sono un maschio! Vi ho detto che sono un maschio!" gridava lui, disperato al tocco di quelle mani. "Finitela!"

"Senti che voce! Di certo è una femmina!"

Gli strapparono via i pantaloni.

"Effettivamente è un maschio."

"Anche se ce l'ha molto piccolo."

Lo fecero cadere a terra e lo lasciarono lì. Per un po', non ebbe la forza di rivestirsi.

Qualcosa doveva cambiare.

Qualcosa doveva succedere.

Andersen pregò che il cielo gli mandasse un segno, e il segno arrivò.

Nel mese di agosto, davanti a Sankt Knud comparve uno strillone. Aveva un berretto nero, una camicia di lana e scarpe con la punta larga, senza calze. Andersen non fece fatica a riconoscerlo; si chiamava Tom, era cresciuto lì ma da tempo si era trasferito in una zona più centrale di Odense. "Udite, udite!" gridò Tom radunando un capannello di curiosi. "Conoscete la storia di una ragazza di nome Cenerentola? Il Teatro Reale di Copenaghen ha realizzato un delizioso balletto che sarà qui a Odense da stasera. La protagonista è Madame Schall, la famosissima ballerina, che si è esibita sui palcoscenici di Parigi, Napoli e Londra."

Dato l'annuncio, fece per andarsene, ma Andersen lo fermò. Tom lo riconobbe e fu lusingato che l'altro manifestasse interesse per il suo mestiere, che a lui sembrava invece umiliante. Parlarono degli artisti che aveva conosciuto e Andersen, che era curioso, lo supplicò di raccontargli qualche aneddoto. "Sono tipi strani," gli disse Tom con l'aria di chi la sa lunga, e gli raccontò di un soprano, che cantava come un canarino e non si separava mai da un teschio, e di un pianista che una volta si era addormentato prima di entrare in scena. Gli raccontò di aver visto trasportare le scene a bordo di carrozze, e di intrighi d'amore e rivalità, rituali scaramantici e strane pozioni che si bevevano nei camerini.

Andersen era estasiato: quello era un mondo incantato, felice, di cui gli sarebbe piaciuto far parte.

"Qual è la donna più bella che abbiate mai incontrato?"

"Madame Schall, senza alcun dubbio."

Arrivarono davanti al teatro e Andersen implorò Tom di fargli vedere *Cenerentola* quella sera stessa, da dietro le quinte. Tom acconsentì, in cambio di un maialino di zucchero, e così Andersen si intrufolò tra gli artisti, i truccatori e i costumisti.

Madame Schall gli parve incantevole; le gambe sottili e slanciate, i capelli raccolti in uno chignon sormontato da una coroncina, si muoveva con una grazia impareggiabile. Ma fu la storia, soprattutto, a commuoverlo, addirittura a stregarlo, perché subito si immedesimò in quella fanciulla sfortunata di nome Cenerentola.

Quella storia gli diceva che sì, è possibile cambiare il proprio destino, e lui non voleva più aspettare lì, la sua vita doveva essere altrove: a Copenaghen, nella grande città.

Aspettò di ricevere la cresima, all'inizio dell'autunno, e poi si presentò in casa di Iversen, lo stampatore, per chiedergli una lettera di raccomandazione per Madame Schall.

"Non la conosco."

"Non saprei chi altro potrebbe aiutarmi."

Iversen acconsentì, gliela scrisse, e Andersen se la mise in tasca. Aveva da parte tredici talleri, quanto bastava per partire.

Sott'acqua, il castello è circondato da un immenso giardino. Lì, il re ha destinato a ciascuna di noi sorelle un'aiuola da adornare, per piantarci i fiori che preferisce. Una l'ha fatta a forma di balena, un'altra rotonda come il sole, e qualcun'altra, invece, la trascura.

La mia è diversa.

Ho piantato solo fiori rossi, tutto intorno, e al centro ho collocato una statua di marmo, un giovane scolpito in una pietra bianca e traslucida che ho trovato in mezzo alle alghe.

Somiglia al principe.

Ha il suo sguardo, i suoi capelli, le stesse spalle larghe.

Mi piace venire qui ogni giorno, stare con i miei pensieri e guardare quel ragazzo. Qualche volta mi sembra vivo, allora gli parlo come se fosse vicino a me. Gli racconto che cosa succede al castello, nel regno, che cosa succede a me, e poi del silenzio che c'è qui certe volte, e fa quasi impazzire, e della meraviglia quando vediamo qualcosa di nuovo. Mi rendo conto che solo a lui riesco a dire certe cose. Gli parlo della speranza, dell'amore. Mi pare che lui mi capisca, che capisca più di chiunque altro.

Canto per lui, perché mi piace cantare. Gli canto le storie dell'acqua, del riflesso che accende la luce quando si ferma sul mare, e della vita che si complica, così, all'improvviso, e degli amori che non finiscono. E poi dell'anima, che Dio ha fatto immortale, ma anche di quanto conta il corpo, come è fatto, e se è bello o brutto.

Gli dico che sono sicura che ci rivedremo, che tornerò da lui. Qualche volta lo abbraccio, ho solo bisogno di un abbraccio.

Se mi vedono con lui, le mie sorelle mi prendono in giro. Sono così diverse, loro, da me, e non vogliono andarci nel regno degli uomini.

I vestiti

Per risparmiare sul biglietto aveva comprato il più economico ed era sceso dalla diligenza a dieci chilometri dalla capitale. L'ultimo tratto era in aperta campagna, e lui seguì la strada delle carrozze in mezzo al fango, fin quando Copenaghen gli apparve innanzi, furente e tenebrosa come la bestia di cui era andato a caccia. Era enorme, rumorosa, dieci volte Odense.

Entrò dalla parte di Vesterbro e trovò uno spettacolo deprimente, fatto di muri umidi, vetri rotti e sangue per le strade. Le persone lo guardavano ostili e rapaci, una preda da derubare, e lui si sentiva in pericolo. C'erano gruppetti di uomini, le guance stinte dall'acquavite, cicatrici e denti marci, e le strade erano zeppe di mendicanti. Anche le case erano malfatte, peggio che a Odense, con le porte sgangherate e decine di animali – mucche e capre, cani e gatti magri – che vagavano da soli, come fossero i padroni del quartiere.

Trovò un alloggio pagando in anticipo e subito si scapicollò fuori casa, puntando verso il centro. Giunse in uno slargo, cambiava il quartiere e cambiava tutta la città, separando, come la chiusa di un fiume, i poveri dai ricchi.

Vide in lontananza il castello di Frederiksborg e andò in quella direzione finché non arrivò in Rådhuspladsen. Imboccò Ruten, una strada affollata di pasticcerie e artigiani, conciapelli, panettieri, poi un'enorme drogheria fornita di spezie dell'Oriente, un gioielliere e un ferramenta, un agente di cambio e un negozio di vestiti. C'erano donne splendide nei cappelli a tese larghe, signori eleganti sotto i loro cilindri, bambini compiti come a Odense se ne vedevano pochi, e lì invece erano tutti così.

In fondo alla strada finalmente comparve Kongens Nytorv, la grande piazza, il prato con la statua di Cristiano V, il palazzo di Charlottenborg con le sue bandiere che garrivano al vento. Ed ecco il Teatro; imponente, luminoso, bianco, con archi e finestroni.

Oltre quella facciata, pensò, c'era forse il suo destino. L'entrata era gremita di gente, fuori si snodava una fila lunga e sinuosa come un millepiedi. Andersen li osservava e immaginava che un giorno, forse, avrebbero parlato di lui.

La notte non chiuse occhio.

Il muro era sottile e pieno di crepe, e dalla strada si udivano rumori, grida, a un certo punto risuonò persino uno sparo. Ma a tenerlo sveglio erano anche l'agitazione e le fatiche del viaggio. Nell'insonnia si tormentava per decidere come presentarsi, l'indomani, a Madame Schall. Come poteva approcciarla? Le avrebbe parlato a cuore aperto, confidandole il desiderio di entrare al Teatro, ma prima di tutto doveva farle i complimenti per il balletto visto a Odense. Aveva in tasca la lettera di Iversen, quella non poteva proprio scordarla: "Gentile Signora Schall. Le raccomando di cuore un ragazzo di Odense, Hans Christian Andersen". Forse però è un po' generica, rimuginava tra sé, non c'è neanche scritto che sono un cantante.

Al sorgere del sole si alzò, si lavò come poteva, indossò il vestito della cresima e uscì di casa. Doveva andare a Bredgade, il quartiere più elegante della città. Pensava che orientarsi sarebbe stato facile come al suo paese, ma non avendo un indirizzo preciso girovagò a lungo, e si notava subito che era spaesato, che veniva da fuori, anche per via del suo accento dell'isola di Fyn. Chiedeva a tutti dove abitasse la famosa ballerina, ma nessuno lo sapeva, finché un vecchio gli indicò un palazzo signorile. Era squadrato, piuttosto sobrio, dagli infissi screpolati: si vede che è una persona semplice, pensò Andersen mentre batteva sulla porta, confidando di essere accolto con gentilezza e rispetto.

Nessuno però rispondeva.

Per un po' temette che in casa non ci fosse nessuno, ma non gli sembrava possibile. Così aspettò e poi provò a bussare di nuovo. Niente. Al terzo tentativo sentì finalmente dei passi all'interno e dalla porta sbucò una giovane sorridente: "Buongiorno".

"Buongiorno, vorrei..." esordì, ma la cameriera di Madame Schall non gli fece terminare la frase che già aveva tirato fuori un sacchettino per estrarne un tallero. "Buona fortuna."

"C'è un errore," proruppe Andersen mentre l'altra si accingeva a richiudere la porta. "Vi scongiuro, ascoltatemi."

La cameriera lo squadrò e vide che indossava abiti dozzinali, aveva capelli biondi, lunghi e scompigliati; ma sembrava solo eccentrico, non pericoloso.

"Vorrei che faceste avere questa lettera a Madame Schall," disse brandendo la raccomandazione di Iversen.

"È molto impegnata, ma gliela recapiterò."

Andersen quasi si inalberò: "Deve leggerla subito".

"Temo che Madame Schall non abbia tempo adesso. Sta facendo la sua ginnastica."

"Vi prego."

"Vedrò cosa posso fare," promise la giovane, e richiuse la porta. Fece ritorno dopo un po', dispiaciuta: "Madame Schall non ha la minima idea di chi sia questo signor Iversen ed è troppo impegnata per ricevervi. Arrivederci, e tenete pure il tallero che vi ho dato".

"Non posso andarmene," gridò Andersen, e fu lesto a fare un balzo, così da incastrare un piede nell'uscio.

"Andatevene, vi ho detto, non potete stare qui," ripeté la cameriera, ma Andersen non aveva alcuna intenzione di congedarsi, almeno non prima di aver incontrato la celebre ballerina.

Si guardò intorno; era una casa buia e nemmeno troppo grande, con una scala bianca che portava al piano di sopra.

Proprio allora, da lì scese Madame Schall, stupita da quel trambusto.

"Che cosa sta succedendo?"

"Questo giovanotto ha cercato di entrare in casa."

"Non mandatemi via, vi supplico!" gridò Andersen. "Voglio fare teatro."

"Chi siete?" volle sapere la ballerina.

"Mi chiamo Andersen, Madame Schall. Ci siamo visti a Odense, ricordate?"

"Non credo proprio."

"Io ho un solo desiderio, di..."

"Cosa sapete fare?"

"Tutto. So ballare, recitare, cantare."

"Quali personaggi avete interpretato sulle scene?"

"Nessuno."

"E allora cosa volete da me?"

Andersen pensò che a parole non l'avrebbe convinta, così si accucciò per terra e si tolse le scarpe. Doveva recitare qualcosa, ballare per lei. Solo così l'avrebbe impressionata, solo dimostrandole il suo talento.

Cenerentola, senz'altro.

Avrebbe provato a mettere in scena quel balletto, nell'androne, per somigliare a lei. Chiuse gli occhi, si concentrò. Si sollevò sulle punte e, pian piano, mormorò quel che ricordava della musica, una melodia dolce. Quando gli parve di aver trovato il motivo si mise proprio a ballare, cercando di imitare Madame Schall, i suoi movimenti ampi. Andersen si sentiva ispirato, invece era sgraziato, con quelle gambe e quelle braccia troppo lunghe. Con la testa continuava a sfiorare il lampadario di cristallo, e quando apriva le braccia carezzava pericolosamente le porcellane cinesi sulla console.

Madame Schall lo guardava attonita. "Siete un pazzo," disse, infastidita.

Andersen era disperato.

Non aveva mai pensato di avere un grande talento, ma quello che aveva gli era parso abbastanza e si era illuso che sarebbe stato subito evidente in una grande città, davanti a veri artisti. Forse invece non era così, forse era un buono a niente. Era terrorizzato, soprattutto, all'idea di dover tornare subito a Odense, rivedere sua madre, Niels, Gotfred, confessare di aver fallito. Pensò allora che doveva svagarsi, smettere di tormentarsi, e, anche se aveva quasi finito i soldi, decise di acquistare un biglietto per il Teatro Reale.

Lo spettacolo in cartellone era intitolato *Paolo e Virginia*.

La galleria era zeppa di gente, e i più si lamentarono quando lo videro arrivare, alto com'era. Lui si sistemò in ultima fila e pianse di commozione tutto il tempo, non tanto per la storia, piuttosto banale, quanto per il teatro stesso. Rispetto a quello di Odense era grandioso e lui respirava con gioia l'odore del legno e della polvere, ammirava il sipario con le frange, lo scintillio dei lampadari con centinaia di candele, i fregi d'oro delle poltrone in platea. E poi il lusso dei palchi, i velluti, le passamanerie, lo sfolgorio dei gioielli. Gli attori. Gli sguardi, i corpi, le gambe ferme sulle tavole del palco e le voci, argentine o gravi, naturali o artefatte.

Finito il dramma, svanita la magia della recita, Andersen dimenticò l'emozione e ripiombò presto nella preoccupazione. Ma no, non poteva arrendersi, non ancora.

Il giorno seguente si trasferì a Ulkegade 108, in casa di Fru Thorgesen, per risparmiare un po'. Gli diedero una stanza al primo piano, più piccola della prima che aveva affittato, dove il letto entrava a stento.

Era la zona delle prostitute e attraverso le pareti sottili si sentivano sospiri e gemiti, tutto il giorno e tutta la notte. All'inizio gli ricordarono Niels e sua madre, ed era un tormento. Dopo qualche tempo, però, si incuriosì. In fondo, prima o poi sarebbe toccato anche a lui avere una fidanzata. Si immaginava come fosse abbracciarla, come si potesse carezzarla, baciarla, prenderla, e qualche volta si spogliava nudo anche lui, per vedere com'era fatto, per immaginare meglio, e si eccitava, anche se non si sfiorava mai, e rimaneva così, inquieto, senza soddisfarsi.

La mattina si svegliava preoccupato per i soldi e cercava offerte di lavoro sui giornali. Finché una sera, sentendo Fru Thorgesen canticchiare stonata fra sé, rifletté sul fatto che, da quando aveva lasciato Odense, non aveva più cantato.

Il maestro del coro del Teatro Reale si chiamava Siboni ed era un italiano. Abitava in Vingårdstræde 6.

Arrivò da lui che erano le cinque del pomeriggio e bussò fiducioso. La casa scintillava di luci e di suoni, come fosse in corso un concerto.

Gli aprì la governante, una signora in età, con piccoli occhiali storti sulla punta del naso e una cuffia bianca; lo guardò con tenerezza, ma quando Andersen le chiese di incontrare il Maestro non poté che rispondere: "Mio caro giovanotto, c'è un ricevimento in corso. Il Maestro non può lasciare i suoi ospiti, provate a ripassare domattina".

"Non posso! Se non trovo un po' di soldi, dovrò tornare a Odense domani stesso."

La governante si accorse che era affranto e, benché non potesse condurlo dal Maestro, lo invitò a entrare dalla porta di servizio. Da lì, lo condusse in cucina; e poiché si era accorta che era molto magro, gli offrì una coscia di pollo.

"È tanto che non mangiate?"

"Solo un brodo in tre giorni."

"Ecco, prendetene ancora," gli disse lei, infilzando con un forchettone una seconda coscia, che sparì all'istante.

"Come vi chiamate?"

"Andersen. Vengo dall'isola di Fyn."

"Un lungo viaggio davvero."

"Sì," convenne lui, e pian piano cominciò a raccontarle la

sua storia. La casa di Munkemøllestræde, Schenk, Fru Bukenfold e il teatrino delle marionette, Napoleone, sua madre al torrente.

La governante si commosse e pensò che Andersen avesse qualcosa di speciale. Contravvenendo alle disposizioni del Maestro, scivolò silenziosa nel salone e gli mormorò all'orecchio che c'era in cucina un ragazzotto che desiderava fare il cantante. Si rendeva conto che non era il momento di riceverlo, ma forse gli si poteva dare una possibilità.

Siboni ci rifletté, poi si alzò in piedi. Parlava in tedesco, perché il danese lo sapeva molto poco: "Miei cari signori e signore, in cucina c'è un ragazzo che chiede di conoscermi".

Annoiati dal chiacchiericcio, gli invitati pensarono che si trattasse di un diversivo piacevole, forse organizzato ad arte, secondo la moda del tempo: non era infrequente invitare dei declamatori che durante i ricevimenti intrattenevano gli ospiti con storie e scherzi.

Quando Andersen fece il suo ingresso nel salone, però, nessuno lo riconobbe: rimasero colpiti dal suo aspetto, con i pantaloni che lasciavano scoperte le caviglie e i piedi enormi dentro scarpe sfondate.

Anche lui rimase stupefatto, perché non aveva mai visto niente di simile al lusso di quel salone. Era illuminato a giorno da centinaia di candele, decorato con stucchi e dipinti; sulla parete di fondo, un'enorme tela raffigurava il Monte Olimpo. Il lungo tavolo era stato apparecchiato con tovaglie candide e scintillava di cristalli e argento. Gli ospiti indossavano abiti eleganti, le signore sfoggiavano gioielli vistosi, pizzi candidi e pettinature alla moda. Alticci e avidi, dovevano aver bevuto e divorato senza ritegno tutto ciò di cui ora si vedevano i resti sulla tavola e sui buffet allineati lungo le pareti: arrosto di maiale, ostriche, tartufo, torte, gelati. Tutto abbondava; il cibo, gli abiti e gli arredi. Tra loro c'erano artisti, poeti, politici, nobili e notabili della città, e gli parve di riconoscere alcuni volti visti a teatro o sul giornale.

"Chi siete?"

"Mi chiamo Andersen."

"E volete esibirvi per noi?" chiese Siboni.

"Non desidero altro."

Dal pubblico si levò un brusio di attesa. Appena si fece silenzio, Andersen cominciò a cantare. Dapprima con un po' di timidezza, ma poi prese coraggio e la sua esuberanza esplose con *Largo al factotum*, dal *Barbiere di Siviglia*. L'accoglienza fu tiepida, perché la tecnica era molto approssimativa, per non dire inesistente. "Provate con qualcos'altro," suggerì un commensale. Allora Andersen pensò alle nenie che cantava sulle rive del ruscello Rosen, intonò un canto e si accorse subito che, di colpo, gli ospiti si stavano emozionando. Certo, erano degli intenditori, di grandi voci ne avevano sentite a bizzeffe e non si poteva certo dire che la sua fosse eccezionale, tutt'altro. Ma non era male, per niente, ed era l'insieme, più di ogni altra cosa, a colpire. L'esibizione era toccante e lo era soprattutto lui, con la sua stravaganza che trasmetteva sofferenza, ma insieme allegria, leggerezza.

Finita la canzone, Andersen si accasciò su una sedia, esausto. Seguì un applauso. "Penso che da voi potrà venire fuori qualcosa, un giorno," gli disse Jens Baggesen, grande poeta danese. "Ma ricordatevi di non diventare vanitoso."

Anche altri si prodigarono in complimenti e raccomandazioni su come coltivare quel talento. Subito dopo, però, fece il suo ingresso trionfale nel salone, su un grande piatto d'argento, una gigantesca torta di mele e panna, alta tre piani, e all'istante tutti persero interesse per il giovane sconosciuto, rimasto fermo sulla sua sedia. La governante già gli faceva cenno di ritirarsi.

Fu allora che intervenne un compositore di mezz'età, con la faccia tonda e pochi capelli in testa, che richiamò l'attenzione dei presenti battendo un cucchiaio d'argento contro un calice. Si chiamava Weyse. "Credo che dovremmo fare qualcosa per aiutare questo ragazzo," disse. "I nostri applausi non gli servono a niente."

Si fece portare un sacchetto di stoffa e cominciò a girare tra gli ospiti. I talleri cadevano, uno dietro l'altro, nel sacchetto e quando il musicista ebbe completato il giro ce n'erano almeno una settantina.

In quel momento si alzò anche Siboni, che annunciò: "Ha ragione Christoph, bisogna aiutarlo".

E poi, rivolto ad Andersen: "Da domani, vi darò lezioni di canto".

“Non basta il talento, Andersen. Bisogna studiare,” bofonchiava severo il Maestro nel suo tedesco stentato, che Andersen faceva fatica a capire.

In qualche modo, però, la preparazione procedeva e a volte nemmeno lui riusciva a credere alla fortuna che gli era capitata. Non sempre la meritava.

La mattina era riservata alla teoria. Andersen sbadigliava se Siboni si abbandonava a lunghe disquisizioni sulla metrica, sul ritmo, sull'importanza di Mozart e Beethoven, ma diventava subito attento se l'altro gli raccontava dei teatri dove si era esibito, della *Clemenza di Tito* o del *Principe di Taranto*.

Dopo pranzo si passava agli esercizi.

Diaframma, laringe, spalle e petto, per far uscire bene la voce, migliorare l'intonazione, tra gorgheggi e vocalizzi. “Dovete stare più dritto,” ripeteva sempre Siboni. Fino a sera, poi, lo chiudeva in una stanza con dei volumi aperti su un tavolo, dicendogli di dedicarsi al solfeggio, di cui Andersen non aveva alcun rudimento.

“Riuscirò a diventare un grande cantante?”

“Un cantante, forse sì. Ma dovete avere umiltà.”

Ad Andersen, però, più che l'umiltà faceva difetto la pazienza. Voleva ottenere risultati subito, per sfuggire alla povertà, all'incertezza. Così, per quanto migliorasse, progrediva meno di altri. Non solo; cercava di sopperire alla tecnica con l'improvvisazione, saltando gli esercizi o semplificando un brano complesso, cosa che mandava in collera il Maestro.

E quando Siboni gli faceva notare che non era affatto pronto per esibirsi al Teatro Reale, come lui sognava, e che se continuava così poteva scordarsi di riuscirci, ribatteva ostinato: "Ce la farò".

Un giorno Siboni decise di fargli una sorpresa e lo portò alle prove del coro. "Muovete la bocca se volete, ma non fate uscire un suono," gli disse, senza cattiveria.

Più ancora delle lezioni, che in verità lo annoiavano, gli piaceva frequentare la casa del Maestro. Siboni aveva detto alla servitù che Andersen poteva pranzare con la famiglia quando voleva e i pasti con loro erano amichevoli, allegri. Per la prima volta si trovava a tavola con gente raffinata, non sapeva bene come comportarsi.

Non aveva il senso del limite, parlava troppo, ma aveva una fantasia che riempiva di immagini e saggezza anche la chiacchiera più banale. "Alcuni si trovano a casa in osteria, dove il puzzo di acquavite si mescola al tabacco scadente. Altri, invece, preferiscono il profumo nauseante del gelsomino. Ben pochi, alla fin fine, amano stare nella brezza delle vette," disse una volta, mentre un'altra confessò che voleva essere "ricco come una spiga". Paragonava il mare al "petto di un bambino che riposa" o diceva che la tale fanciulla aveva "occhi splendidi come laghi scuri".

Ben presto divenne di casa e veniva invitato a fermarsi anche per cena. La sera a tavola c'erano compositori, banchieri, artisti, e la famiglia dell'ammiraglio Wulff, che era anche il traduttore di Shakespeare. Spesso veniva Dahlen, un ballerino dai grandi occhi azzurri che dirigeva la scuola di danza del Teatro Reale. E poi c'erano Madame Colbjørsen, la ricca vedova di un uomo d'affari, e il poeta Frederik Høegh-Guldberg. Quasi tutti, in fondo, lo guardavano con simpatia, perché anche con loro si prodigava in metafore e frasi a effetto, e ispiravano tenerezza quella sua goffaggine, gli inchini teatrali, l'affettazione dei modi e insieme una certa rudezza, l'avidità con cui si ingozzava.

Presto, quel ragazzo di provincia dal talento ancora dubbio cominciò a essere invitato anche in altre case. Si metteva al centro di un salone, chiedeva a tutti di sedergliesi intorno, a ferro di cavallo, e cominciava il suo spettacolo di storie.

Veniva messo in mostra, come si esibisce un organetto nuovo o un cucciolo di razza.

Durante una cena da Siboni, tra gli invitati si presentò un generale di nome Stefánsson, che aveva combattuto a lungo durante le guerre napoleoniche. Era stato nel comando del 1° reggimento, e certo non aveva avuto modo di conoscere il padre di Andersen.

La serata era gradevole, il vino – che anche Andersen ormai aveva imparato ad apprezzare – scorreva a fiumi. Gli piacevano i brindisi, il clima goliardico, lo spensierato senso di abbondanza che si respirava intorno a quella tavola.

Si parlava di cose frivole, di amanti e vestiti alla moda, di zuppa di tartarughe e vini costosi. Poi, però, si accennò alla guerra contro i tedeschi. Il generale, alticcio e in vena di confidenze, cominciò a esprimersi con durezza, dicendo che i soldati erano in gran parte "degli stupidi", "inferiori per cultura ed educazione" ai più alti gradi, e che spesso era necessario riprenderli, perché facessero "decentemente il loro lavoro". Alla domanda morbosa di una dama, su quali fossero le punizioni a cui erano sottoposti, l'ufficiale cominciò un lungo elenco che sembrava trovare alquanto spassoso: sveglie antelucane, bagni ghiacciati, frustate, bastonate, privazione del sonno. "Ogni tanto li legano alle brande con delle cinture, oppure devono bere il piscio del loro superiore," disse scoppiando a ridere.

In quel clima festoso e lascivo, la gente sogghignava complice e lo stesso Andersen, senza quasi accorgersene, sghignazzava come gli altri.

Si ridestò all'improvviso quando il generale disse: "I nostri soldati sono dei buoni a nulla". Capì che il generale parlava male anche di lui, di suo padre morto, della sua famiglia, ma non fu capace di reagire.

Per la prima volta, pensava alla casa in cui era nato e vissuto.

Come stava sua madre? Era nostalgia, certo, ma anche una specie di spaesamento. Erano trascorsi mesi dal suo arrivo in città, e non le aveva mai scritto. Era un pensiero che cercava di allontanare, perché in verità non sapeva bene cosa scriverle, sentiva di non aver combinato granché, e un poco si vergognava della vita che stava conducendo. Cosa dovrei dirle?, rifletteva, che frequento gente che parla male di lei? Che vado alle cene in cui i ricchi si ubriacano?

Comunque, era giunto il momento di dirle almeno che stava bene, che aveva di che sopravvivere e continuava a inseguire i suoi sogni. Avrebbe voluto sapere come stava lei, benché temesse l'inevitabile risposta: di certo, era peggiorata.

La cena finì a tarda notte.

Ogni volta, Andersen era l'unico a rientrare a piedi. Anche se gli offrivano un passaggio rifiutava, perché non voleva che qualcuno scoprisse dove abitava. Lo prendeva una sensazione dolorosa, come si fossero spente le luci del suo palcoscenico e arrivasse la vita vera, la sua piccola stanza, la miseria.

Imboccò Ulkegade e intorno a lui percepì tutt'altra umanità. Gli uomini affannati a cercar donne, le madri senza cibo per i figli, i bambini denutriti e lamentosi. Era da lì che veniva, dalle prostitute e dagli intagliatori, dai mendicanti e dai calzolai.

Voleva, però, fare grandi cose.

Ma doveva farle per loro. Per la gente semplice. Per farla star bene, per farla pensare e sognare. Perché capiva gli uomini, la loro cattiveria, la loro gloria. La fatica, di tutti. L'amore che non arriva. La pazzia. La durezza della vita, ma anche la sua ironia. Sapeva che bisogna lasciarsi andare, ogni tanto, allo stupore, perché è l'unica cosa che rimane.

Anche i generali sono dei buoni a nulla, pensò una volta tornando a casa. D'altro canto, hanno perso la guerra contro i tedeschi.

Si mise a ridere da solo, nella notte.

Era un riso lieve, liberatorio, a cui da giorni non riusciva a lasciarsi andare. Pensò a quanto sarebbe stato bello tendere un tranello a Stefánsson, dimostrare a tutti la sua pochezza. Si disse che sarebbe stato divertente truffare quella tavolata di sbruffoni.

Immaginò di mascherarsi da tessitore e di arrivare una sera da Siboni dicendo di saper tessere la stoffa più bella del mondo, per colori e disegno. Avrebbe aggiunto che i vestiti cuciti con quella stoffa avevano una caratteristica unica; erano invisibili agli stupidi. Avrebbe allora montato un telaio in casa Siboni e fatto finta di tessere, anche se sul telaio non c'era nulla.

Quindi avrebbe mostrato a tutti dei vestiti inesistenti, e tutti, per non passare da stupidi, si sarebbero sperticati in lodi e complimenti. Anche il re, pensava, ci sarebbe cascato. Avrebbe accettato di indossarli perfino durante una parata.

Perché alla fine erano tutti uguali, i ricchi e i poveri, i potenti e chi non aveva niente. E lui doveva stare attento, non doveva innamorarsi di quel mondo, di quei brindisi, di quelle cene.

Lui veniva da Odense.

Lui abitava a Ulkegade.

Lui aveva l'intelligenza, la fantasia.

Toccava a lui gridare: "Il re è nudo!".

Passò il Natale senza compagnia, e rimase solo fino a Capodanno, perché la temperatura si abbassò bruscamente, nevicava sempre, e tutti si chiusero nei loro palazzi. Le strade erano impraticabili per i cavalli, le bufere fischiavano come battelli a vapore e i vetri della sua stanza erano così ghiacciati che bisognava metterci sopra degli scellini di rame riscaldati, per vedere fuori. Denutrito e tormentato dal freddo, Andersen fu preso da una febbre violenta. Iniziò con un dolore alle ossa, un po' di mal di gola, un raffreddore così impetuoso che doveva soffiarsi il naso dentro un lenzuolo. Poi arrivarono tremori e deliri. Per qualche giorno vaneggiò, e pensò di morire come era successo a suo padre. Fru Thorgesen lo accudiva, ma non mancava di ripetergli: "Ricordatevi che, febbre o non febbre, al primo del mese scade l'affitto".

La febbre passò, ma gli venne una forte tosse, che gli rimase nel petto per qualche settimana. Così, quando si ripresentò da Siboni, a metà gennaio, il Maestro gli disse che con quella voce non aveva senso esercitarsi: doveva prima guarire.

Le lezioni ripresero a singhiozzo.

Negli stenti di Ulkegade, infatti, la voce rimaneva rauca. Andersen riposava male, era stanco, svogliato e impaziente, non riusciva a riprendersi.

A poco a poco, Siboni cominciò a dubitare di poterne fare un buon cantante. Continuava a trattarlo come un figlio, senza mai negargli un pasto, ma si era reso conto che la sua generosità non era del tutto ricompensata dall'attitudine pigra dell'allievo. Gli inviti a cena si diradarono; era grande la fama della sua capacità di intrattenimento, ma al contempo i suoi spettacoli non erano più una novità e alcuni ospiti – in primis un professore di nome Rahbek, membro del consiglio di amministrazione del Teatro Reale – chiesero a Siboni di non invitarlo più, affaticati dal suo modo di monopolizzare l'attenzione anche di fronte ad ambasciatori, finanzieri o poeti che avrebbero avuto cose ben più interessanti da raccontare.

Venne maggio, e un mattino Andersen si accorse che la sua voce era cambiata. Faticava a prendere le note più alte, ma soprattutto la sentiva diversa. Eppure la gola non gli doleva, e nemmeno le ossa, si sentiva al contrario energico come non gli succedeva da tempo. Aspettò una settimana, poi due, prima di ripresentarsi dal Maestro, e alla fine ci andò anche se capiva di non essere in forma.

Siboni lo ascoltò e scosse la testa. Non era una malattia che l'aveva colpito, ma l'età: "Sei solo diventato grande," gli disse sinceramente dispiaciuto. "Continuare con le lezioni non ti servirà a niente. Non entrerai mai nel coro del Teatro Reale. Dovresti considerare, forse, di tornare a Odense."

"Vi garantisco che posso diventare un eccellente ballerino."

Carl Dahlen abitava in Badstuestræde, in una bella casa dai colori pastello, con la moglie pittrice e due figlie piccole. La paternità l'aveva stravolto, perché le bambine facevano chiasso tutto il giorno, si tiravano i capelli, rovesciavano torte e teiere. Dahlen però aveva notato che Andersen riusciva chissà come a incantare quelle pesti, sicché più di una volta l'aveva implorato di allestire per loro qualche scenetta delle sue, con pupazzetti e vestitini, o di distrarle insegnando loro a ritagliare. Gli era dunque molto riconoscente, e sentiva di dovergli un favore.

Adesso che Andersen gli si era parato davanti, però, aveva visto meglio le membra sottili e lunghe, l'andatura goffa, sicché gli sembrò impossibile ricavarne un ballerino decente. Madame Schall gli aveva raccontato del loro primo, disastroso incontro a Bredgade, e lui non faticava a credere che fosse andata esattamente come diceva.

Tuttavia, decise di dargli una possibilità.

In fondo, tra le decine di ballerini al Teatro Reale non mancava qualche raccomandato privo di talento, qualche segaligna figlia di industriali che destinavano laute donazioni al Teatro: uno in più o in meno non avrebbe fatto granché differenza. Consentì dunque ad Andersen di presentarsi all'inizio del nuovo corso, dicendogli che al mattino avrebbe dovuto essere in Teatro ma che una presenza in casa sua, specie nelle ore del riposo pomeridiano, sarebbe stata ben gradita per badare un po' all'adorabile prole.

Era passato un anno da che Andersen era arrivato nella capitale, e la vita gli stava dando un'altra possibilità.

Finalmente coronava il suo sogno, anche se, per i paradossi del destino, non ci riusciva per il suo talento più spiccato, il canto, ma per un altro che proprio non aveva.

Con il cuore che esplodeva, il primo di settembre Andersen varcò la soglia del Teatro. Presentò una carta a un inserviente che gli consegnò una borsa con dei vestiti e lo fece passare oltre una porta imbottita di velluto bianco. Da lì, partiva un lungo corridoio nel mezzo del quale troneggiava un cartello: *Saranno espulsi tutti coloro che perdono tempo con giochi e chiasso, e dimenticano la stima che devono ai maestri che il re ha nominato.*

Dal fondo si accedeva alle scene e da lontano Andersen vide un capannello di ragazzi e ragazze che si parlavano, si sorridevano, si abbracciavano. I due spogliatoi erano invece più indietro.

Entrò veloce in quello dei ragazzi e ne vide una decina che si stavano cambiando. Alcuni erano svestiti, e si mostravano completamente nudi, depilati, continuando però a chiacchierare, come nulla fosse. Altri avevano indosso solo le calzamaglie, o la camiciola aperta sul petto.

"E tu chi sei?" chiese uno, scrutando l'intruso.

"Mi chiamo Andersen."

"Vestiti, sei in ritardo."

C'era un profumo intenso, e vapore.

Andersen si nascose in un cantuccio e cominciò a spogliarsi. Ebbe una specie di vertigine, di spaesamento; era impossibile non guardare gli altri, e non riusciva a distogliere l'attenzione dalle braccia, dalle gambe, dalle voci. Notando quello stupore, un ballerino magro, basso, con una testa fitta di boccoli biondi, gli si avvicinò malizioso: "Mi chiamo Carl. Hai delle belle braccia".

Era faticoso stare lì.

Gli allenamenti erano estenuanti. Dahlen era inflessibile, la notte i muscoli facevano urlare dal dolore, mancava il fiato.

Ma non era solo quello.

Andersen si era figurato di trovarsi finalmente in mezzo a un gruppo di artisti, con la sua stessa sensibilità: ne annusava invece soltanto la ferocia. Era una scuola severa, selettiva, e i ballerini si sfidavano l'un l'altro per emergere, si tendevano trucchi e tranelli, sparlando e spiando. Da quelle battaglie lo escludevano solo perché nessuno lo considerava un rivale credibile, goffo com'era.

E poi c'erano i corpi.

Il continuo, quotidiano scontro di quei corpi, nei quali vedeva riflesso il proprio – di cui capiva ancora così poco, e che finiva per farlo vergognare, perché gli altri erano così più belli. Corpi maschili, femminili. E poi tutti erano disinibiti, promiscui, si baciavano vicino alle labbra, maschi con maschi, femmine con femmine, e si palpavano, scherzosamente e con vigore. Tutti erano a loro agio. Perché lui, invece, si sentiva così timido, così imbarazzato?

E che cos'erano, dunque, quei corpi?

Quelli che vedeva cambiarsi, che gli parevano irresistibili e ordinari, erano poi davvero gli stessi che vedeva sul palco, e che c'erano ancora, in scena, ma a volte sembravano quasi non esistere più? Possibile che anche il più volgare dei ballerini potesse invece a un certo punto sembrare un angelo, eterno e inafferrabile?

È che poi si tornava negli spogliatoi, nei corridoi, col rumore delle tinozze d'acqua e il sale dolciastro del sudore, e gli sguardi, le battute, le carezze ambigue, che gli sembravano simili e distanti dall'amore, e non capiva.

Carl tormentava tutti, a volte pure Andersen – meno, tuttavia, e il fatto di non essere al centro dei desideri dell'altro lo confortava, perché si risparmiava il turbamento di respingerlo, ma insieme lo intristiva, lo faceva sentire poco desiderabile. "Ti fai toccare da me?" gli sussurrava magari in un orecchio, lasciandovi il calore del suo fiato, e ad Andersen restava un sapore, la sensazione di qualcosa di sbagliato e magnetico. "Posso essere come una femmina," aveva detto una volta Carl a un compagno, e Andersen aveva ben presto capito che cosa intendesse.

Un giorno l'aveva infatti sorpreso dentro i bagni insieme a un altro, nascosto dietro un séparé.

Di Carl aveva visto soltanto la faccia, oltre il séparé, gli occhi chiusi in un'espressione di piacere. Andersen si era fermato a guardare, attento a che nessuno si accorgesse di lui, e non riusciva a scollarsi da quel volto, insieme rilassato e contratto, e da quell'ansimare, sempre più rapido, sempre più affannato.

Nel corpo di ballo c'era un ragazzo di nome Lars, che viveva anche lui a Ulkegade. Per il balletto aveva lasciato il circo; era muscoloso, sollevava le compagne senza fatica. Non aveva interesse nei maschi, per niente, e adorava invece le donne, sicché, quando rincasavano insieme, durante il tragitto quasi sempre si fermava in qualche bordello.

"Perché non vieni anche tu, una sera?"

"Non piaccio molto alle ragazze."

"Ma a quelle non devi piacere! Ti fanno sentire bello anche se non lo sei, è il loro mestiere."

Andersen rifiutava gli inviti, ma l'altro si era fatto insistente, cameratesco. Era convinto che Andersen avesse bisogno di spassarsela e di conoscere la vita; persino la sua intelligenza febbrile ma un po' troppo celestiale avrebbe tratto giovamento da un bagno nelle cose di quaggiù.

Andersen diceva di no, ma non per posa.

Era impacciato, impaurito.

Una sera, però, Lars lo convinse a salire con lui da Fru Jensen, la maîtresse da cui si recava più spesso. La donna, avanti con gli anni, gonna di lana leggera e camicetta azzurra con il fiocco, scoppiava a ridere di continuo, come se trovasse la vita un po' ridicola. Propose ad Andersen tre diverse ragazze, esibendo il campionario come neanche una sarta. Ce n'era una in carne, che Lars gli raccomandava perché era la più esperta ma che ad Andersen non piaceva. Poi c'era una bionda, smunta e un po' storta, che pareva una rosa mangiucchiata da un verme. Infine, una con il viso di bambina, la più giovane.

Andersen scelse la terza ed entrò con lei in una stanza rovente, con il letto ancora sfatto. "Appoggia lì i talleri," gli disse la ragazza, indicandogli un mobiletto sopra il quale alcune monete d'argento già sbrilluccicavano dentro una tabacchiera. Cominciò a slacciarsi la cintura della vestaglia rossa, la lasciò scivolare giù dalle spalle e rimase davanti a lui in camiciola e mutandoni.

Era tutta magra, persino la sua ombra.

"Cosa vuoi che ti faccia?"

Andersen inghiottì, nervoso. "Vorrei che mi parlassi."

Lei sorrise. Era giovane, ancora bella, occhi neri come il carbone, e pelle bianca come la neve in mezzo ai prati. "È la prima volta?"

"Sì."

La ragazza si abbassò le spalline e gli mostrò il seno. "Ti piace?"

"Sì," rispose Andersen impietrito mentre lei si sfilava i mutandoni, prima un piede, poi l'altro. Dritta davanti a lui, cominciò a mostrarsi, davanti e dietro, con una grazia e un'allegria che pareva che un mazzo di rose si fosse messo a ballare.

"Come ti chiami?" le chiese.

"Marie. E tu?"

"Andersen."

"È un nome molto comune in Danimarca."

"Ma è il mio."

"Non è vero. Ti avranno pure battezzato."

"Mi chiamo Hans Christian."

La giovane si accorse che era a disagio e provò a farlo parlare. "Raccontami di te. E non vergognarti, che non succede niente." Andersen le disse che faceva il ballerino e sognava di diventare famoso. Quando lei ebbe conquistato la sua fiducia, riprovò ad avvicinarsi e con dolcezza gli afferrò le dita, provando a portarsele verso il ventre. Andersen sfiorò la pelle calda e subito gridò: "No!" ansimando.

Lei lo guardò sorpresa. "Non vuoi fare niente?"
"No."
"Guarda che non posso restituirti i talleri."
"Non importa."
Era perplessa, ma soprattutto intenerita. Tante volte erano venuti uomini timidi che non combinavano niente, ma quel ragazzo le sembrava unico; aveva purezza e spavento. Si stava infreddolendo a stare così, nuda, davanti a lui, sicché accostò una sedia alla stufa per scaldarsi. Accavallò le gambe e appoggiò le mani sulle ginocchia. Il seno, in quella posizione, pareva più grosso.
"Rivestiti, se vuoi," le disse Andersen.
"No. Magari cambi idea. Abbiamo ancora tempo, e l'amore dura sempre poco."
"Non voglio costringerti a star nuda."
"Mi paghi per questo."
"Non mi piace."
"È un mestiere come un altro."

Scappò via senza fare nulla.
Aveva cominciato a scendere le scale di corsa, ma rallentò prima di sbucare dall'uscio. Fuori dalla casa accelerò di nuovo, tenendo il capo chino, per non farsi riconoscere.
Quando poi fu nella sua camera, si sentì finalmente al sicuro e si sdraiò sul letto. Ebbe una sensazione strana, infantile, come di essersi salvato da qualcosa.
Era, però, anche molto eccitato.
Sentì la sua forte erezione e si sfiorò in mezzo alle gambe. Non l'aveva mai fatto davvero, ma quella volta si afferrò e cominciò a massaggiarsi, avanti e indietro. Nel corpo si propagò un calore infinito. Allora insistette con forza, più veloce. Era arrabbiato. Furioso di non essere all'altezza del mondo, delle aspettative. Di essere solo. Non voleva che nessuno lo toccasse, lo sfiorasse. Lo spaventava.
Lui, da solo, però, poteva farlo.
Doveva farlo.
Doveva darsi del piacere.

Continuò, adesso più piano.

Sentiva un po' di pace.

Provò a concentrarsi su quella ragazzina, Marie, sul suo corpo. Adesso gli piaceva. Adesso non doveva avere paura di lei. La girava, la prendeva da dietro, infilandosi dentro di lei. Non doveva nemmeno guardarla, perché vedeva solo la schiena. Non si capiva nemmeno, se fosse una femmina o un maschio. Pensò a Carl, ai suoi boccoli biondi e a quel che aveva visto nel bagno del Teatro Reale, ma subito scacciò via l'immagine dalla mente.

Chiuse gli occhi.

Si sentì, per una volta, uguale agli altri. Anche gli altri facevano così, ne era sicuro. Come lui, da soli. Come lui, erano tutti soli. Avevano paura dell'amore, e al tempo stesso ne avevano bisogno. Un bisogno tremendo, sublime.

Un fiotto uscì da lui, scaldandogli il ventre.

Debuttò in gennaio, in occasione di *Nina*, uno spettacolo la cui protagonista era Madame Schall, che si sorprese non poco quando Andersen le comparve innanzi.

Fu sul palco soltanto di sfuggita, ma l'emozione gli bastò e per tutta la vita avrebbe ricordato quel primo rumore di passi sulle tavole di legno, il buio in platea, e poi il brusio, la sensazione che tutti, sì, lo stessero guardando.

Ce l'aveva fatta finalmente, i suoi sacrifici non erano stati vani. C'erano molti balletti in quella stagione, nel cartellone del Teatro Reale, e lui quasi sempre veniva ingaggiato, anche se per parti molto piccole. Un giorno, il suo nome finì in locandina: *Troll/Hans Christian Andersen*. Se la portò a casa e rimase a guardarla per ore: finì per dormirci insieme, svegliandosi continuamente per paura di stropicciarla.

Eppure, qualcosa non andava.

Era troppo intelligente per non accorgersene. Non era bravo come gli altri. Non aveva la forza di ragazzi capaci di saltare come gatti, o di ragazze che parevano ghiacciate, morte, immobili, e un secondo dopo resuscitavano, scatenate come fossero state morse da una tarantola. Ma soprattutto gli mancava la grazia, che faceva volare i più talentuosi.

Non ce la faceva col canto, e nemmeno con la danza.

Provò allora con la recitazione.

Con qualche soldo da parte, si era rivolto a Frederic Lindgren, un attore che accettò di fargli da maestro.

In fondo, qualsiasi carriera gli sarebbe andata bene, pur di diventare protagonista su un palco, ma subito si accorse che la casa di Lindgren non era ospitale come quelle di Siboni e di Dahlen.

E anche lui era cambiato; non si illudeva più.

Per quanto adorasse recitare Shakespeare, impersonare Macbeth o Coriolano, spesso non ricordava le battute e le improvvisava; ma soprattutto, non riusciva a rendere vivi i personaggi. Invece di recitare declamava, enfatico e pieno di sussiego. "Avete un cuore e un cervello," gli disse Lindgren, "ma non sapete recitare."

Allora cominciò a scrivere.

Quando parlava non ci si accorgeva che era un semianalfabeta, ma se provava a scrivere diventava evidente. Però gli sembrava la cosa giusta da fare, doveva almeno provarci, e così aveva chiesto a Fru Jensen un tavolino e aveva comprato una candela, dell'inchiostro, la carta.

Se scriveva, stava bene.

Così, scriveva in modo frenetico per giorni interi – gli capitava di cominciare in piena notte, quando non riusciva a prendere sonno, o di giorno, quando non aveva niente da fare, o da mangiare – e poi smetteva di colpo, senza più alzare la penna per settimane. Scriveva per calmare la paura della vita, spaventosa come un cane randagio, che lo assaliva verso sera, al buio, ma anche di giorno, in piena luce. Scriveva per capire sé stesso, per fantasticare, per raccontare il mondo come voleva che fosse.

Scriveva perché gli altri ballavano meglio di lui. Per vendicarsi delle prese in giro. Scriveva per fare l'amore, perché di farlo davvero non se la sentiva.

Scriveva perché trovava divertente lo sguardo di un cagnetto, il nasone di un droghiere, l'accento di una donna. Perché la vita gli sembrava buffa, e le cose più importanti per lui erano, insieme, anche le più ridicole.

Si divertiva. Gli era tornata la fantasia, la libertà. E più le cose andavano male, alla Scuola, più scriveva. E quando lo espulsero, alla fine – gli avevano permesso di concludere il corso perché ne conoscevano l'animo sensibile e temevano di dargli una delusione troppo grossa –, gli rimase solo la scrittura.

Ma cosa doveva scrivere?

Qualcosa per il teatro, senz'altro; solo così sarebbe stato protagonista su quel palcoscenico da cui era stato cacciato. Si ricordò di una vecchia leggenda danese e immaginò un dramma intitolato *I ladri di Vissenberg*, che raccontava le scorribande di un gruppo di feroci banditi. Un testo in versi, pieno di pathos, di emozione. Eccoli, i banditi all'assalto. Uno di loro, di nome Jurgen Klo, afferra un neonato per le gambe e lo getta contro una carrozza, fracassandone il cervello che spruzza sangue sui viaggiatori.

“Secondo me, qui c’è del talento,” disse Rahbek guardando fuori dalla finestra, in direzione di Kongens Nytorv.

Jonas Collin era dall’altra parte della scrivania con la schiena dritta, fermo come un soldato durante la rassegna. Nell’ambiente spiccava anche solo per il modo di stare seduto, così composto, senza sdraiarsi sui divani come facevano gli artisti solo per darsi importanza. Anche il suo aspetto era diverso: portava i capelli color cenere senza ciuffi e altre stravaganze, pettinati con cura ogni mattina. E i vestiti; elegantissimi ma sobri, sempre di colori spenti, senza vezzi. Era stupito dalle parole di Rahbek, perché in precedenza non si era mai espresso a favore di Andersen.

“Mio caro, non so se nel giovane ci sia del talento, ma mi sembra manchi la grammatica.”

Collin si divertiva, con il Teatro.

Non era il suo mondo; da giovane si era interessato di filosofia, sì, aveva tradotto Rousseau e Fichte in danese, era un filantropo e un cultore delle arti, ma in realtà viveva di numeri. Era il ministro delle Finanze in carica, il fondatore della Cassa di Risparmio, ispettore di scuole e prigioni, e responsabile per il re dei fondi pubblici destinati agli indigenti. Proprio il sovrano lo aveva convocato a corte qualche tempo prima: “Se non lo salvate voi, il Teatro dovrà chiudere,” gli aveva detto senza tanti giri di parole. I conti del Reale erano un disastro, sprechi e regalie l’avevano affossato. “Ci proverò, Vostra

Maestà," aveva risposto lui. Senza perdersi in chiacchiere, sin dal pomeriggio della nomina si era insediato nel nuovo ufficio, dove rimaneva fino a notte alta con la testa china sui bilanci: in poco tempo aveva rimpinguato le casse.

Si era affezionato al teatro per le persone che lo facevano vivere. Non era solo l'ammirazione per i grandi interpreti, la fascinazione per la loro arte. Era più che altro la preoccupazione per i ragazzi della Scuola, per i talenti; alcuni puri, luminosi, altri invece torbidi, oscuri. Si sentiva responsabile del loro destino e avrebbe voluto che ciascuno trovasse lì dentro la propria strada, che evitasse la sfiducia, gli incidenti di percorso – e l'alcolismo, che aveva stroncato non poche carriere.

"Sono così fragili," ripeteva sconsolato, stupito dalla natura umana.

Al contempo, però, non faceva sconti a nessuno, perché pensava che la sincerità fosse salutare. Andersen lo conosceva poco, anche se il giovane gli aveva dedicato un poema un po' pomposo: *Il tempio dell'arte vedo in lontananza tra gli scogli del grembo del mare*, c'era scritto.

"Non vi sto chiedendo di produrlo," aggiunse Rahbek, "ma se si considera il fatto che questa pièce è opera di un giovane che fa fatica a tenere una penna in mano, viene da chiedersi cosa potrebbe fare, questo giovane, con un po' di educazione."

"Io del suo testo vedo soprattutto la banalità."

"Pensateci bene. Tutti hanno diritto a una possibilità. E la storia di Andersen la conoscete, è forse la più difficile di tutte... E quanto è isolato, poi, nella Scuola? Da solo fa fatica a cavarsela."

Collin ci rifletté: "Con un po' di educazione ben potrebbe lavorare in banca, quantomeno".

"Non che sia il sogno della vita di molti."

"Sicuramente la Scuola non può più tenerlo. Quindi, non so davvero cosa possiamo farne."

"Voi siete pur sempre responsabile della Fondazione *ad*

usos publicos. Potreste fargli destinare una borsa di studio per mandarlo a scuola."

Collin ci pensò. La situazione non era rosea, in Danimarca. Eppure, qualche fondo si poteva sempre trovare, per un giovane meritevole. Ma proprio per Andersen? Non era certo noto per la pazienza, l'abnegazione, l'impegno. Tuttavia, subito Collin pensò che alla fine ogni tanto le persone stupiscono, anche quando nessuno spera più niente da loro. "Forse, possiamo trovare qualche tallero per lui," concesse infine.

Andersen si meravigliò di quella proposta: una scuola, a Slagelse, in mezzo ai bambini. Non lo attraeva, ma non aveva alternative e accettò.

Prima di partire, pubblicò un libro. Raccolse tutto quel che aveva scritto e gli diede il titolo di *Tentativi giovanili*, poi cercò un editore senza trovarlo. Andò allora da uno stampatore e gli commissionò delle copie che vendeva a nove talleri l'una. Le vendette a Siboni, a Fru Henckel, alla signora Colbjørsen e a molti altri, una cinquantina, e si ripagò la stampa. Propose il volume a qualche libreria, ma nessuna lo volle.

L'unica copia che regalò, la regalò a Jonas Collin.

Gliela portò a casa, poco prima di partire. Il ministro abitava al numero 4 di Bredgade, un edificio austero come il suo proprietario.

"Si accomodi," gli disse la governante quando si presentò all'uscio.

Il ragazzo sbirciò quell'atrio buio, dal soffitto altissimo, si sentì in soggezione: "Non serve che io entri. Consegnateglielo voi, fategli sapere che...".

Proprio allora Collin arrivò sulla porta in compagnia della moglie, Henriette Christine Hornemann, una donna dai tratti severi che era stata sposata al precettore di Collin e si era unita a lui quando era rimasta vedova.

“Perché non vi accomodate?” gli chiese amichevole. Sentiva per quel ragazzo una simpatia crescente.

“Non vi preoccupate,” rispose Andersen. “Ci sarà occasione, prima o poi,” aggiunse; quel presagio lo rassicurò, ma lo spaventò insieme.

“Siete in partenza per Slagelse?” chiese la signora Collin.

“Sì.”

“Mi raccomando, impegnatevi,” lo esortò.

Collin gli disse di scrivergli, nel caso in cui avesse avuto bisogno di qualcosa, e il ragazzo lo ringraziò.

“Ci conto,” gli disse Collin.

Andersen prese congedo. Doveva tornare a Ulkegade e raccogliere le sue cose, perché a mezzogiorno la diligenza sarebbe partita. Prima di uscire dal cancello, però, si girò un'ultima volta e dietro la grande finestra del salotto vide in lontananza cinque volti.

Erano i figli dei Collin.

C'era Ingeborg, la primogenita, che somigliava alla madre, intelligente e di indole sospettosa. C'erano Gottlieb e Theodor, che si assomigliavano molto nonostante la differenza di età – Theodor era proprio un bambino.

Poi c'era Louise, occhi larghi e mani sottili, un filo di perle lucenti intorno al collo. Bella, più vezzosa della sorella, più colorata. E, insieme, con più purezza che energia, più desiderio che azione.

E infine c'era Edvard, il naso dritto sugli occhi stretti e allungati, i capelli cenere come quelli del padre, la carnagione chiara. Lo sguardo intenso, sensibile e deciso, come quelle creature che la vita scuote in continuazione ma senza farle sbandare, come una barca che naviga imperterrita verso il prossimo porto.

La principessa

"Le attrazioni del posto? È appena arrivato un motore a scoppio dai Nielsen, all'inizio della strada."

La nuova padrona di casa si chiamava Fru Henneberg, ed era elegante e premurosa. Vedova di un giudice, non sapeva granché del mondo. "Questo signor Shakespeare è di Copenaghen? Ditegli di venire a trovarvi, se volete," propose una volta al suo inquilino.

La villetta di Fru Henneberg era una delle più belle di un paesino di duemila anime, la casa più lussuosa dove Andersen avesse mai abitato: due piani, tetto spiovente e finestre robuste, un fuoco che crepitava senza risparmio e il profumo del punch in cottura. Gli era stata assegnata una stanza al pianterreno per dormire, con un letto grande, e un attiguo studiolo con una scrivania, una finestra, un armadio per i vestiti.

Slagelse era più piccola di Odense.

Lontano dal mare e dai boschi, non offriva un granché: per svagarsi si poteva salire sulla collina alle spalle delle case e si arrivava al rudere del castello di Antvorskov, un romantico ammasso di rovine. Poco più in là si scorgeva la croce di Sant'Andrea, dove Andersen terminava le sue passeggiate. In centro ci si doveva limitare a un itinerario che si imparava subito e veniva presto a noia: cominciava da una vetrata azzurra con un angelo d'oro, proseguiva per la grande torre campanaria, e poi un panificio, una drogheria, e il giro era finito. Le sere erano tranquille, senza risse e prostitute. Tutti si conoscevano, amicizie e rancori erano radicati come vecchi castagni.

Sin dal primo giorno, Fru Henneberg lo presentò alle famiglie più in vista – piccoli commercianti, qualche militare –, e tutti si incuriosirono della sua storia, anche perché lì non accadeva mai nulla e quindi preferivano convincersi di avere a che fare con un grande artista.

Il motore a scoppio dei Nielsen non era niente di che, paragonato a quelli che spingevano grandi navi nel porto di Copenaghen, ma vicino alla chiesa viveva il pastore Bastholm, che possedeva una biblioteca di quasi mille volumi. C'erano gli autori danesi più alla moda, Ludvig Holberg, Jens Baggesen e Adam Oehlenschläger, e poi Johannes Ewald, Hans Adolph Brorson, Johan Herman Wessel, Henrik Steffens. Ma poi anche Scott, Shakespeare, ovviamente, e Dante, Molière, Racine, Rabelais.

Andersen cominciò a passare lì i suoi pomeriggi, a leggere, studiare, inventarsi cose. Forse, pensò, a Slagelse avrebbe avuto il tempo necessario per scrivere un capolavoro.

Arrivato in paese un sabato di metà ottobre, il lunedì successivo entrò in classe la prima volta ed ebbe un crepacuore. Erano tutti bambini di cinque, sei anni meno di lui, bassi, senza un filo di barba, a loro agio in quei banchi minuscoli in cui lui si acquattava a fatica, chino come una cicogna, durante le lezioni.

Il maestro si chiamava Meisling, aveva passato i trent'anni ed era un antichista di fama, traduttore dell'*Eneide*. La sua reputazione di competenza e severità aveva convinto Collin che fosse la persona giusta per quell'allievo irrequieto. Calvo, basso, sembrava uno spirito del bosco, con lo sguardo torvo e le dita nere d'inchiostro.

"Ah, dunque voi siete il famoso Andersen," disse con la voce torbida di un aguzzino.

Lui fece un cenno del capo e si dispose ad ascoltare la lezione.

Suscitò subito grande curiosità nei compagni, che lo guardavano con deferenza. Era "il famoso Andersen" – famoso chissà per quale strano motivo –, e poi era più alto di tutti, altissimo, più forte senz'altro, più pericoloso. Doveva nascondere qualche segreto.

Un gruppettino gli si avvicinò alla fine delle lezioni, cauto come un manipolo di gatti davanti a un cane. Avevano elaborato alcune ipotesi sul motivo della sua presenza lì, una più fantasiosa dell'altra. "Sei stato in galera?" gli chiesero, confidando in una risposta positiva, che avrebbe aumentato il suo fascino e il prestigio di tutta la classe.

Andersen scosse la testa: "Vengo dalla Scuola del Teatro Reale".

"Vuoi dire che sei un attore?"

"Sì. E anche un cantante, un ballerino."

Storsero il naso. Decisamente meno affascinante di un bandito: "Almeno sei stato allontanato dalla Scuola per qualche crimine?".

"No."

"Non hai ucciso nessuno?"

"No."

"Neanche ferito?"

"Nemmeno."

"E come mai allora te ne sei andato di lì?"

"Devo studiare per diventare un grande scrittore. Ma sono qui per un tempo limitato, ho molti impegni, molte cose da fare a Copenaghen. È stato il re in persona a mandarmi a Slagelse."

I ragazzi erano strabiliati. Forse, era almeno una spia.

"E lo conosci bene il re?"

"Molto bene," disse Andersen, che l'aveva visto una volta da lontano.

"Anche mio padre lo conosce," intervenne uno.

Si trovava, infatti, in mezzo ai rampolli di famiglie importanti, tutti ambiziosi e concentrati sulla loro carriera sin dalla più tenera età. Tutti ottimi studenti, peraltro, e dotati di ingegno e senso di responsabilità.

Ma ben presto la loro curiosità scemò: si accorsero che il nuovo compagno, pur essendo più grande, era un bonaccione, inadatto a far da capotribù per scherzi e zuffe. E poi era ignorante: gli mancavano le nozioni più elementari.

Il secondo giorno Meisling lo chiamò alla carta geografica e gli chiese: "Indicatemi dove si trova Copenaghen". Andersen non ne aveva la minima idea e non gli sembrava neanche una cosa che fosse utile sapere. Fece scena muta, mentre dalla classe si levava un brusio di scherno. Meisling lo rimandò al posto: "Siete un idiota, un completo stupido!" lo sgridò.

Andersen si mise a singhiozzare, e più cercava di trattenersi, più gorgogliava come un ranocchio.

Gli altri ebbero compassione di lui. Capirono che non avrebbe mai fatto gruppo con loro, e che era fragile come un immenso lampadario di cristallo.

A poco a poco, dunque, si affezionarono a lui, che li intratteneva con i suoi racconti fantasiosi. Quando lo vedevano di cattivo umore, sapevano come fargli tornare il sorriso. "Andersen, ci racconti una storia?" gli chiedevano, e lui era ben lieto di fare sfoggio del suo talento. Un giorno che era piovuto disse: "La vedete questa goccia d'acqua? Se avvicinate una lente, scoprirete al suo interno mille corpuscoli. Sono tutti ammassati, continuano ad andarsi addosso e a scontrarsi, come capita nelle grandi città, e persino qui, tra di noi. Chissà perché questa è la regola della vita, che non ci sia mai pace".

Spesso gli chiedevano delle donne. Avevano infatti deciso che, vista la differenza d'età, perlomeno in quel campo dovesse avere ben più esperienza di loro.

Lui non faceva nulla per smentirli.

"Quante ne hai avute, Andersen?"

"Alla vostra età stavo con Sara. Poi ne ho avuta qualcun'altra. Adesso ne ho una a Copenaghen. Si chiama Marie e fa la prostituta."

"Ed è bella?"

"Molto."

"Ma va anche con altri uomini?"

"Sì, ma la gelosia non è un bel sentimento. E poi Marie ama soltanto me. Mi insegna l'amore, che non è una cosa semplice."

"Qual è la tua parte preferita di una donna?"

Una volta aveva risposto: "Il sorriso", e non li aveva convinti. Così, aveva preso l'abitudine di rispondere: "Le tette", perché pareva risposta più gradita.

Quando parlava così, li incoraggiava a chiedergli dettagli sulle sue prestazioni sessuali e dunque doveva ingegnarsi per aggirare l'ostacolo, temendo di contraddirsi, smentirsi, che i compagni smascherassero le sue bugie. Loro, però, insistevano ossessivamente. Nella biblioteca del pastore Bastholm trovò un trattato di anatomia e qualche libro erotico, ma più che altro gli confondevano le idee.

Così, sempre più doveva raccontare particolari anatomici che non conosceva, situazioni scabrose che non aveva vissuto, corpi di cui sapeva meno che della carta geografica della Danimarca.

Più spesso collerico che allegro, Meisling era severo con Andersen, a volte subdolo, addirittura perfido, ma poi gli dedicava molto tempo: voleva sinceramente che progredisse, anche per prendersene il merito. Vista l'età, spesso gli parlava come fosse un adulto: "È la vostra ultima occasione," ripeteva. Pretendeva dunque da lui la massima disponibilità, e persino di governargli la vita, anche fuori dall'aula: "So che vi dilettate di poesie, di storielle. È una perdita di tempo. Dovete studiare e basta. Traducete, piuttosto". Quando Andersen sbagliava, cercava di spronarlo, ma più spesso si infuriava: "Basta! Resterete per sempre il peggiore di una classe di bambini".

Quasi suo malgrado, Andersen aveva preso a obbedirgli, a impegnarsi, perché l'ascendente di Meisling era grande, perché era autoritario e la sua sapienza era magnetica. Così, per la prima volta, si era messo a studiare davvero, anche se i risultati faticavano ad arrivare. Ma non mollava e stava sveglio di notte per ripetere l'aoristo secondo, e aveva preso l'abitudine di tenere un secchio di acqua gelida vicino alla scrivania, per rovesciarselo in testa se rischiava di addormentarsi.

Meisling capì che si stava impegnando come non mai; così, quando arrivò Natale pensò di premiarlo, portandolo a Copenaghen per qualche giorno.

Andersen era emozionatissimo.

Fu felice di ritrovare il brulichio della gente per le strade, il chiasso delle carrozze, l'abbondanza di negozi e osterie. Scoprì con piacere che i vecchi amici non l'avevano dimenticato, e che anzi erano contenti di rivederlo. Non consideravano certo una sconfitta la sua permanenza a Slagelse: avevano di meglio da fare che giudicarlo, e anzi speravano sinceramente nella sua riuscita.

Il 22 ricevette un invito a cena dai Collin.

Passò il pomeriggio a prepararsi. Indossò una giacca gialla ma la tolse, intuendo di dover vestirsi più sobriamente per entrare nelle grazie di quella famiglia così morigerata. Scelse allora il blu, anche se non rinunciò a un fazzoletto rosso legato al collo. "È natalizio," si disse guardandosi allo specchio.

Sul far della sera, entrò in casa Collin per la prima volta.

Era come se l'era immaginata da fuori; semplice ma molto ricca. Ogni oggetto era prezioso, anche quelli di uso quotidiano, come le stoviglie e i tovaglioli di fiandra. Dalle brocche d'argento ai dipinti di scuola fiamminga, dalle poltrone rivestite di seta ai libri antichi, ogni arredo avrebbe potuto essere esposto in un museo. Eppure, tutto era essenziale; non c'erano troppi tappeti, cuscini, né vane suppellettili, o stucchi e marmorini. Le sedie erano dure. In un angolo del salone c'era un pianoforte a coda, mentre una coppia di segugi Saint-Hubert erano distesi mollemente sul tappeto.

La conversazione era interessante, e spaziava dalla scienza agli spettacoli, alla politica. "Siete stato a teatro?" gli chiedeva magari la signora Collin. "Mio marito mi ha raccontato della vostra passione."

"A Slagelse c'è una stalla, sì, e ci fanno gli spettacoli," rispondeva lui, arguto e rassegnato.

I ragazzi Collin, superata l'iniziale diffidenza, si sentirono presto a loro agio. Raramente avevano un ospite che, per quanto così diverso, avesse la loro stessa età. Ingeborg rivelò ad Andersen dell'imminente matrimonio con un giovane giudice. Era radiosa ma spiccia, e non si perse nel racconto dei preparativi: "È una persona onesta," disse solo. Anche i più piccoli parlavano con lui, gli facevano domande e commenti.

"Io vorrei fare il medico," gli disse Theodor. "E voi?"

"Lo scrittore."

"Lo abbiamo mandato a Slagelse per quello," chiosò Collin. "Anche se magari poi lavorerà con successo in una grande banca."

"Io lavoro in banca," intervenne Gottlieb, che studiava nuove soluzioni per un fondo pensionistico nazionale.

"Io non ho la minima idea di cosa voglio fare," sospirò Louise. Poco più che bambina, se ne veniva fuori con frasi buffe, spontanee.

"Giurisprudenza è sottovalutata," osservò Edvard. "Ha a che fare con i destini umani, le relazioni."

Edvard colpì Andersen fin dal primo momento; dal padre aveva preso i modi, quel conquistare la scena con naturale autorevolezza, anche in un consesso numeroso. Parlava poco, ma quando parlava lo ascoltavano tutti. Serio, acuto, aveva un'ironia misurata. Spesso però tornava bambino, mostrando i tratti più netti dell'infanzia: purezza e durezza insieme.

Si venne a parlare del Medioevo.

Ingeborg aveva letto da qualche parte un articolo su come si vestivano le donne a quel tempo, con "corpetti pesanti come armature". Edvard sostenne che il passato era migliore dei loro tempi, così privi di virtù ed eroismo. Il padre non era d'accordo; non doveva sottovalutare l'importanza del Rinascimento, dell'Illuminismo. Louise ribatté che le sembrava difficile confrontare alla sua un'epoca in cui non aveva vissuto, ma senz'altro era più comodo stare a Bredgade che in un castello gelido, e fece sorridere tutti. Andersen si disse incerto sul giudizio. Amava molto, a dire il vero, il passato, sembrava anche a lui "più avventuroso". Ma l'aveva colpito che a Slagelse fosse venuto un laureato che all'osteria del paese si era messo a fare una serie di sbalorditivi esperimenti, con fiale e pozioni, e aveva concluso: "Se li avessi fatti ai tempi di Mosè, sarei stato un profeta. Se li avessi fatti nel Medioevo, mi avrebbero bruciato vivo". L'aneddoto era gustoso, e, come spesso accadeva, Andersen ne fece seguire qualche altro, finché non tenne un piccolo comizio. "A Slagelse siamo ancora all'età della pietra!" disse, e cominciò a parlare di Meisling con astio: "È uno stregone, un tiranno, un despota... È troppo all'antica," sentenziò, convinto di meritare un applauso dell'uditorio.

"E cosa c'è di male, nelle cose all'antica?" replicò Edvard innervosito. "I metodi sono sempre gli stessi, da che esiste il mondo: bisogna studiare. Bisogna essere moderati, nel parlare e nel vestire," aggiunse.

"Sono stato fortunato in religione e storia della Bibbia. Ho fatto male in latino. Ho studiato greco fino all'una. Non so se passerò l'anno."

Tornato a Slagelse, cominciò a tenere un diario. Scriveva tutti i giorni. "Un brutto acquazzone, grigio, e tempo autunnale fuori. Nuvoloso anche nella mia anima." Spesso, però, segnava anche i fatti più divertenti, le circostanze più insolite. Un pomeriggio vide due sorelle: "Una anche carina, ma l'altra veramente sembrava un pollo". Non si dilettava con opere di fantasia, per il divieto di Meisling e le premure di Collin, che lo aveva invitato a concentrarsi sullo studio. Eppure, scriveva molto. Appuntava minuziosamente ogni momento della giornata: "I denti mi fanno un male mostruoso. Ho i nervi delicati, è come suonare un pianoforte". Teneva i conti, scriveva i nomi delle persone che incontrava e quanti soldi gli davano: "Contessa Frijs (2 talleri), signora Buchwald (5 talleri)".

Naturalmente, poi, scriveva a Collin, che ragguagliava sulle spese pù recenti – perché capisse che non sperperava il denaro che aveva a disposizione – e sui risultati scolastici. E Collin lo incoraggiava, come avrebbe fatto un buon padre.

A Slagelse usciva a passeggio di rado, stava quasi sempre in casa. La maggior parte del tempo studiava. Poi pregava, mangiava. Si sentiva spesso solo. Sì, c'era qualche famiglia in paese, e il pastore Bastholm, e ogni tanto Meisling lo invitava a pranzo, ma per la prima volta aveva voglia anche di frequentare qualcuno della sua età.

Si masturbava spesso.

Lo faceva durante il giorno, se Fru Henneberg era fuori casa, e ogni notte prima di addormentarsi. Nel diario annotava quante volte lo faceva, inserendo nelle frasi lettere greche o simboli: "Ho studiato francese tutta la mattina. Ø", "Ho bevuto del vino. Sensuale +"; oppure: "Giornata difficile +", "Ho visto la nipote del compositore Kuhlau. Ø".

Ogni tanto metteva più croci, una in fila all'altra.

"Arriva stasera. Dovreste riordinare la stanza," disse Fru Henneberg sovrappensiero.

"Chi arriva?" domandò Andersen stupito.

"Fisher. Il figlio del pastore di Ringsted. Non ve l'avevo detto?"

"E chi è?"

"L'altro pensionante che vivrà con voi. Con una stanza così grande, non vorrete lamentarvi di dividerla."

Andersen accolse la notizia con preoccupazione. Disse senza mezzi termini a Fru Henneberg di sentirsi "tradito", che "gli accordi erano altri".

Lei si dispiacque di quella reazione, che le sembrò eccessiva. "Ci hanno sempre dormito in due, in quel letto," replicò, e subito aggiunse: "Il figlio di un pastore sarà senz'altro un giovanotto timorato di Dio. Vedrete che farete subito amicizia, e vi farà bene... Siete troppo solitario".

Non bastò per rasserenarlo. Non aveva mai diviso le lenzuola con qualcuno che non fosse sua madre, la sola prospettiva lo disgustava. Capiva però di non poter farci niente, anche perché scoprì presto che in paese non avrebbe trovato un'altra sistemazione.

Conobbe Fisher a cena e non fu caloroso con lui.

Era un ragazzone, bello di viso ma con i denti guasti e l'espressione così malinconica da essere forse soltanto ottusa. Il suo corpo emanava un odore dolciastro, di agnello cotto, ma Andersen immaginò che fosse una suggestione dovuta al fastidio per la sua presenza.

Finito di mangiare, cercò di ritardare quanto più possibile il momento di coricarsi, finendo di leggere un libro che aveva da parte, ma a un certo punto si ritrovarono in camera, ognuno con la sua candela.

Fisher si sciacquò minuziosamente nel bacile, mentre Andersen si rannicchiava sul bordo del letto, rigido come uno stecco. Rimase immobile finché l'altro non lo raggiunse. Sentì un corpaccione che gli si metteva vicino, con il suo odore, il suo calore. Fisher crollò subito, esausto, Andersen faticò ad addormentarsi.

Ben presto Fisher cominciò a rincasare a notte alta, dopo che Andersen aveva finito di studiare. Beveva molto, chissà dove, e tornava euforico, alticcio. Canticchiava, diceva parole senza senso e si agitava nel letto. Con le braccia, con i piedi, sfiorava il corpo di Andersen e qualche volta posava su di lui un gomito, inavvertitamente. Quel contatto era un brivido indecifrabile. D'istinto, Andersen lo schivava, ma rimaneva sveglio, vigile, e se per un po' l'altro si teneva lontano, oscuramente desiderava che si avvicinasse.

"Sei sveglio, Andersen?" gli domandava Fisher ogni tanto, e lui non rispondeva, fingeva di dormire. "Non ti piacerebbe avere una donna, qui con te?" continuava l'altro. "Quanto mi piacerebbe, poterci fare l'amore... Lo sai, Andersen? Qui a Slagelse non ci sono ragazze che puoi pagare. O forse sì? Tu lo sai?"

Andersen si sentiva a disagio, perché ogni tanto Fisher si faceva allusivo. "Peccato che siamo due maschi," diceva, con una strana malinconia.

Allora Andersen sgattaiolava via e si rifugiava in soffitta, dove Fru Henneberg aveva messo un sofà. Si coricava lì, buttandosi addosso una coperta, ma era troppo alto e doveva rannicchiare le gambe come un ranocchio.

Spesso lo prendevano i pensieri.

Odense, Schenk, sua madre.

Più di tutto, però, pensava a Fisher, al perché si sentisse così in imbarazzo ad averlo vicino, perché solo uno sfioramento del suo piede finiva per tenerlo sveglio.

Sono troppo sensibile, a tutto, è per questo che dormo male, si ripeteva.

A Pasqua tornò a Odense dopo quasi quattro anni.

Si imbarcò dal porto di Korsør, arrivò a Nyborg e camminò più di venti miglia per entrare in città. Quando scorse in lontananza il campanile di Sankt Knud si mise a correre, impaziente di andare da sua madre, nella casa di Munkemøllestræde. Anne Marie era invecchiata, sì, ma lui quasi non se ne accorse, per il desiderio che aveva di rivederla, la gioia di ritrovarla, e subito gli parve che non fosse passato tutto quel tempo.

"È vero che il re ti ha mandato a Slagelse?" gli chiese lei, che si faceva leggere tutte le lettere che il figlio le mandava, e qualche volta le pareva incredibile, quel che gli era successo.

"Sì," rispose Andersen, orgoglioso.

"Allora va tutto bene?"

"Sì," ripeté lui, che voleva proteggerla, evitando di confessarle le sue angosce, la sua frustrazione.

"Vuoi fare lo scrittore?"

"Sì, o magari lavorerò in banca. Ma sarò felice."

"E una donna, l'hai trovata?"

"Non ancora, mamma. Ma molte mi cercano."

"Sei sempre stato bello."

"Non è vero."

"Non dire stupidaggini."

Come sempre parlava poco, correggendosi, scusandosi se magari sbagliava qualche parola. Eppure, riusciva a dirgli qualcosa di più di quando lui era soltanto un bambino. Gli raccontò di Niels, di quanto ne fosse stata innamorata, e della nonna; erano morti entrambi da poco ed erano sepolti nel cimitero dei poveri, appena fuori città. Si raccomandò che andasse a trovare presto anche il nonno, che continuava ad abitare il suo mondo, e che pareva immortale – aveva ancora i capelli scuri. Chiacchieravano. Lei gli disse che era orgogliosa del suo talento.

"Pensi davvero che io abbia del talento?"

"Lo pensano tutti."

"Ma che talento avrei?"

"Vedi cose che gli altri non vedono. Capisci cose che gli altri non capiscono."

Si trovava bene, lì. Ogni tanto si guardava intorno, a spiare quella casa, e gli rimaneva una strana sensazione. Era la sua, senz'altro; c'erano ancora il vecchio teatrino e il letto, e non c'era più Niels, che l'aveva fatto sentire un estraneo. Ma quella, al tempo stesso, non era più casa sua, era un posto orribile, freddo, misero. Era tutto ciò da cui era fuggito.

Rimase a Odense qualche giorno. Ritrovò i vecchi amici, Fru Bukenfold e Iversen, fece le passeggiate che faceva da bambino e una breve crociera per mare. Sua madre si affaticava, però; la presenza del figlio, che sul momento l'aveva ravvivata, adesso cominciava a stancarla. Voleva mostrarsi sempre allegra, pronta, e consumava le energie, finché non riuscì più a sostenere una conversazione e prese a dire cose senza senso: "Hai visto tuo padre, per caso?".

Un giorno Andersen si svegliò di soprassalto, nel cuore della notte, perché sentì dei passi in strada. Si affacciò e vide Schenk che usciva di casa, con stivali e cappello, per andare a pescare. Lo fissò a lungo. Pensò che non avrebbe più potuto fargli del male.

"Helsingør," ripeteva Meisling inebetito. Sua moglie lo ascoltava in silenzio, mentre i cinque figli divoravano una scodella scarsa di zuppa. La lettera gli era appena arrivata; era stata una sorpresa, perché aveva ricevuto una proposta lusinghiera per insegnare in quell'altra città della Zelanda, a nord di Copenaghen. L'istituto – la Scuola di Latino – era più prestigioso, le responsabilità maggiori e la paga più alta.

"Cosa pensi di fare?" gli chiese la moglie.

"Non abbiamo soldi a sufficienza, qui, per tutti. Non posso che accettare."

"Se hai già deciso, non crucciarti. Non hai aperto bocca tutta la sera."

"Sto pensando ad Andersen."

La moglie fu sorpresa: "Non ti mancherà di certo".

"No, lui non mi mancherà. Ma la sua borsa di studio sì. Prende più di cento talleri all'anno dal re e li regala a Fru Henneberg, che non ha cinque figli da sfamare."

Lei intuì l'affare: "Vedi di fare in modo che il ragazzo ti segua".

Era la quarta primavera da che Andersen era arrivato a Slagelse. Da un giorno all'altro, avvertì in Meisling un cambiamento, perché il maestro si fece premuroso con lui. Era capitato ogni tanto anche in passato, che gli chiedesse come stava, di cosa avesse bisogno, cosa potesse fare per lui, ma erano premure frettolose, tra un'arrabbiatura e l'altra. Adesso, invece, Meisling era sempre bendisposto. Prima cominciò a elogiarlo in classe: "Guardate Andersen! È l'esempio di come la costanza porti a grandi risultati!". Poi gli fece sapere di aver mandato a Collin una lettera in cui si rallegrava per il suo impegno. Andersen si fece sospettoso e subito capì che l'altro mentiva, ma sotto sotto non gli dispiacevano affatto quelle adulazioni così sfacciate, a cui non era certo abituato.

La goffa messinscena di Meisling raggiunse l'apice un giorno di primavera, verso la fine delle lezioni. "Fermatevi un attimo qui con me," disse ad Andersen ostentando la sua espressione più contrita e pensierosa. Si reggeva il capo con le mani e lo scuoteva con finta disperazione. "Mi dispiace molto dovervi comunicare quanto sto per dirvi. È certo il momento peggiore per farvi avere questa notizia, e non vorrei che pensaste che sono un egoista. Ho ricevuto un'offerta per insegnare a Helsingør. Certo, questo vuol dire lasciare voi ragazzi e soprattutto lasciare voi, che ormai siete il mio pupillo, ma non ho scelta... Sono richieste del ministero, e come immaginerete al ministero non si può dire di no."

"Anche a me dispiace," mentì Andersen.

"Non pensate invece che io sia un tiranno, nel modo di insegnare?"

"Sì... Cioè, no..."

"Perché, vedete, volendo ci sarebbe un modo per continuare questa nostra bella relazione."

"E sarebbe?"

"Non ho il coraggio di chiedervelo."

"Mi pare in realtà che mi abbiate chiamato per dirmi esattamente questo."

"Potreste venire con me a Helsingør. In questo modo non cambiereste il percorso di studi. È molto pericoloso modificarlo quando si è vicini all'Examen Artium, perché si rischia di perdere tempo. Ma non voglio illudervi: sarò molto impegnato. A meno che..."

"A meno che?"

"Non veniate a vivere in casa mia, con la mia famiglia." Fece una pausa, come per fargli credere che l'idea gli fosse venuta solo in quel momento. “Ma certo! Perché non ci ho pensato prima? Questo ci aiuterebbe. Se voi aveste un dubbio, poniamo, su una frase di Cicerone, se ne potrebbe discutere anche a cena, non dovreste aspettare l’indomani. E poi mia moglie è un’ottima cuoca e i miei marmocchi sono adorabili, gentili e beneducati. Troveremo una casa con una stanza perfetta per studiare. Non ho dubbi, staremo benissimo insieme.”

Senza troppo rendersene conto, Andersen si ritrovò con un biglietto per la diligenza che lo avrebbe portato nel Nord della Zelanda.

Helsingør gli piacque subito.

Era una piccola Copenaghen, eccitante e fresca, piena di vie e palazzetti, pasticcerie e negozi alla moda, e soprattutto era sul mare, aveva l'acqua e quell'orizzonte senza fine che gli era tanto mancato. Amava il castello di Kronborg, dove si diceva che un tempo avesse abitato Amleto; da lì vedeva lo stretto che separa la Danimarca dalla Svezia: era attraversato continuamente da navi battenti le bandiere di tanti Paesi, che attraccavano nel porto rovesciando poi sulla banchina marinai dalle divise più disparate.

L'estate fu mite, felice.

Non c'erano lezioni e poteva trascorrere molto tempo all'aperto, evitando così di stare davvero con i Meisling. Dopo anni in cui era rimasto seduto a studiare aveva ripreso a muoversi ogni giorno, cosa che gli giovava alla digestione e all'umore e gli attenuava il mal di denti. Camminava, ma soprattutto nuotava. Si accorse all'improvviso che non lo faceva da anni, dai tempi del Rosen, e gli parve di rinascere.

Stava bene, in acqua.

Quanto gli piaceva tuffarsi, risalire, rituffarsi, e poi arrivare dal porto magari fin sotto le rocce del castello. Gli sembrava di dimenticare tutto, mentre solcava l'acqua a bracciate lente e regolari, e non aveva più paura. Stava nudo in mezzo ai pesci, gli pareva di essere un pesce anche lui, i piedi grandi come la coda di un delfino. Sorridendo, si accorse una volta di più che il suo corpo pareva più adatto all'acqua che alla terra.

Venne però il freddo, prima ancora dell'inverno.

Da ottobre il gelo non allentò la morsa e anzi peggiorò ogni giorno, senza mai sole, senza mai luce. Il vento sferzava la costa senza pietà e a dicembre il mare ghiacciò del tutto, sicché si poteva passare il confine a piedi.

Con il buio cambiò anche la sua vita, perché, senza poter più uscire di casa, precipitò nell'incubo di vivere sempre insieme ai Meisling. Erano caotici, violenti, sporchi. Per salvarlo dal freddo, Fru Meisling decise di far abitare con loro un maialino che viveva in giardino; si chiamava Ulisse, e lerciava dovunque. Ma anche i bambini, chiusi lì dentro, si dedicavano a scherzi perfidi, abbandonando resti di cibo masticato nel letto e nelle tasche dei vestiti di Andersen. Era diventato il loro bersaglio. "Non siete troppo alto?" gli chiedevano. "Avete dei piedi enormi!" notavano, facendolo soffrire in silenzio, finché un giorno il più piccolo gli diede della "Giraffa!", scatenando l'ilarità generale e la sua malinconia, perché non udiva quella parola dai tempi in cui veniva insultato a Sankt Knud.

Meisling non lo difendeva, non gli importava più di lui. Era tornato dispotico come all'inizio, con una vena di crudeltà in più: "Siete uno sfaticato," gli ripeteva. "E un idiota."

Ai figli non faceva mancare niente, mentre per Andersen il cibo scarseggiava. Per non parlare del freddo che pativa nella sua stanza.

"Posso avere un pezzo di legna in più?"

"Mio caro Andersen, non ne abbiamo."

Non era vero, perché i Meisling si riscaldavano per bene, mentre all'ospite davano solo cinque pezzi di legno a sera, sicché presto erano finiti e lui gelava per il resto della notte.

La situazione precipitò quando Meisling cominciò a litigare con la moglie. La accusò di rubargli dei soldi, davanti a tutti, lei disse che non era vero, ma che avrebbe cominciato a farlo. Era l'unica che gli teneva testa, ma era un duello sfinente.

Un giorno che Meisling era fuori, Andersen rincasando vide avvicinarsi un soldato alla finestra della cucina; l'uomo bussò un paio di volte sul vetro, finché non arrivò la moglie del maestro, che lo fece entrare. Dalla finestra spiò quei due che si spogliavano e per la vergogna scappò via. Il giorno dopo rincasò alla stessa ora, nel primo pomeriggio, e la scena si ripeté identica.

Rivelò a Meisling che la moglie riceveva quella visita, e da lì si scatenò una lite furibonda.

"Sei una puttana."

"È vero. Infatti nessuno di questi è figlio tuo."

Lo colpì che i figli, più che terrorizzati, fossero divertiti. Ma lo colpì ancora di più che Meisling non gli fosse grato per avergli rivelato la preziosa informazione, ma ne fosse quasi infastidito: non solo non gli piacevano gli spioni, ma si era ritrovato costretto a reagire, a prendere posizione, quando invece avrebbe preferito di gran lunga poter fare finta di niente.

Anche la reazione di Fru Meisling fu bizzarra.

Una notte, mentre Andersen dormiva, entrò nella sua stanza reggendo una candela. Indossava soltanto una vestaglia e si sedette sul bordo del letto: "Lo so che mi guardi, che ti piaccio... E so anche che non stai dormendo".

Lui non mosse un muscolo, e Fru Meisling proseguì: "Non trovi che questa vestaglia mi stia troppo larga? Ho perso molto peso quest'inverno," aggiunse, salendo sul letto con i piedi nudi. Andersen, impietrito, la vide spogliarsi, mostrandogli lasciva un seno enorme, cadente, e un sesso grasso.

"Andatevene!" urlò saltando giù dal letto, e lei scoppiò a ridere.

Aveva ripreso a scrivere.

Di nascosto, la notte, mentre gli altri dormivano.

"Se vi scopro con le vostre stupidaggini, vi tolgo l'inchiostro e vi butto fuori di casa," lo aveva minacciato Meisling, e al mattino Andersen doveva nascondere i fogli sotto il materasso. Meisling non lo perquisiva, non sospettava che gli disobbedisse. E poi Andersen si era fatto scaltro. Quando i fogli cominciavano ad accumularsi andava alla posta e li mandava a Collin, perché li custodisse, sicuro che non avrebbe fatto la spia con Meisling.

Scriveva storie, e soprattutto poesie. *Verde, oro e rosso fluttuano tutt'intorno a me. Dono i fiori che l'angelo sparge. Dovrei avere anche le ali mentre la vita mi ha legato?* Era un poema triste, *Il bambino morente*.

Per Natale andò qualche giorno a Copenaghen, questa volta partì da solo. Fu ospite all'Accademia Navale, nel palazzo di Amalienborg, dove l'ammiraglio Wulff viveva insieme alla famiglia.

Subito gli venne l'angoscia di tornare a Helsingør; era convinto che sarebbe impazzito se fosse rimasto lì ancora per tutto l'anno e mezzo che gli mancava per completare gli studi.

Decise di andare a parlarne con Collin.

"Che piacere vedervi, Andersen," gli disse, ma il ragazzo

era segnato, stanco, furioso; si era messo a parlargli con foga, e un po' di confusione. "Vi giuro. Mi maltratta."

"E cosa fa, di grazia?"

"Non mi dà da mangiare né da scaldarmi. Quei due litigano continuamente, i loro figli mi insultano, mi dicono che sono una giraffa."

Collin rimase perplesso, il quadro che Andersen andava dipingendo gli pareva inverosimile. Meisling era uno stimato insegnante e temeva che la pigrizia di Andersen avesse preso il sopravvento.

"Suvvia, manca poco alla fine dei corsi. Dimostrate di avere carattere, Meisling non è un demonio."

"Sua moglie si porta continuamente in casa degli amanti e ha anche provato a sedurmi."

"E voi non riuscite a resisterle?" disse Collin, stupendosi di fare una battuta così salace. "Tenete duro."

"Figuratevi che hanno un maiale in casa."

"Davvero?"

"Si chiama Ulisse. Me lo trovo in camera, al mattino, che grugnisce."

Collin si stupì di quella circostanza, che gli parve persino impossibile da inventare. Così, quando congedò il ragazzo gli promise che avrebbe indagato; in realtà non lo fece, se ne dimenticò, profondamente convinto che Andersen stesse esagerando.

Tornato a Helsingør, però, Andersen prese a inviargli suppliche e missive. "Mi avevate detto di scrivervi se la situazione fosse diventata intollerabile." Lo pregava di credergli: i suoi non erano "morbosi piagnistei".

Scriveva a Collin, ma non solo. Cercava di coinvolgere la signora Wulff, gli Høegh-Guldberg, tutti quelli che avrebbero potuto aiutarlo. Durante i pranzi di Copenaghen si cominciò a discutere di come fosse avere un maiale che grufolava per casa.

Collin si convinse allora di non poterlo lasciare dai Meisling, anche solo per evitare quel diluvio di corrispondenza. Chiese udienza al re, che gli disse di fare come credeva: la borsa di studio ormai era stata stanziata, e non avebbe avuto senso revocarla. Collin pensò che fosse inutile mandarlo altrove, fargli cambiare scuola: non mancava poi molto al diploma, prima o poi si sarebbe ambientato.

Se proprio doveva lasciare Helsingør, visto che comunque era migliorato nella grammatica, la destinazione migliore era Copenaghen: lì avrebbe continuato le lezioni da privatista.

È che non so se può amarmi.

Lui è un uomo, e io non sono una donna. Sono una sirena, vengo dal mare, sono una creatura diversa. Non ho le gambe per andargli incontro, per camminare, per ballare. E non ho un grembo per stringerlo, starci insieme, scaldarlo. Ho solo queste squame fredde, dure, viscide, e ogni tanto ho il terrore che lui non voglia accarezzarmi, che possa fargli orrore, come sono davvero.

Che follia, sognare che lui possa desiderare proprio me. Si vergognerebbe di sicuro, a stare vicino a una sirena, a mostrarla a tutti, a portarla sul trono, o solo a un banchetto. Chissà la gente cosa direbbe di me, ma soprattutto di lui.

Probabilmente penserebbero che è pazzo, malato, che è pericoloso. O forse lo prenderebbero in giro, direbbero che è stupido e stravagante, che non è adatto a rivestire il ruolo cui è destinato. Che non potrà nemmeno avere figli da una come me, e invece i figli bisogna averli, specie se sei un principe, se un giorno diventerai re e dovrai governare un regno, e allora devi comportarti in modo normale, sposarti come tutti. "Se proprio si era invaghito di una sirena," dirà la gente, "avrebbe potuto portarsela in casa la notte, di nascosto, nessuno controlla cosa succede nel letto del re, non era necessario sposarla."

Quando mi prendono questi pensieri divento malinconica. Vado in giardino, davanti alla sua statua, e non dico niente; mi commuovo, perché penso che il mio amore sia impossibile.

Non piango, non mi dispero, ma sento una gran tristezza, perché la vita è difficile, e non bisogna disperarsi, ma certe volte nemmeno illudersi.

È che non l'ho scelto io, di innamorarmi di lui.

Avrei potuto innamorarmi di un tritone, certo, di un'altra creatura del mare, una creatura con un corpo che vada bene per il mio. Ma non è successo.

È successo che è arrivato l'amore.

E allora perché noi due non possiamo amarci?

Così sogno che anche il principe sia diverso da tutti, e che non gli importi di cosa dice la gente o di come è fatto il mio corpo, che soltanto mi ami, e abbia premure per me, e mi cerchi, quando ha bisogno, e cerchi le mie parole, le mie carezze.

Sogno che ci sia, quando lo voglio, quando devo confidargli i miei pensieri, quando provo a capirci qualcosa, di questa vita in cui non si capisce mai niente.

Il soldatino

Aveva cominciato a fumare la pipa.

Abitava finalmente in centro, in Vingårdstræde, vicino a Siboni e a Kongens Nytorv, in un palazzo elegante. Aveva attaccato alle pareti alcune vedute di Copenaghen, e lo schizzo a matita – di suo pugno – di una processione, con i personaggi lunghi, smunti, stranamente simili a lui nell'aspetto. Sul tavolo teneva quattro scellini, libri di Orazio e Omero e molti documenti. Mangiava tardi, così tardi che ogni porta sulla strada era già chiusa. Finiva di fumare, pregava e poi si tirava la coperta fino al mento.

Ogni giorno andava due volte ad Amager, l'isola di là dal canale, dove abitava un teologo di fama che aveva la sua stessa età; gli dava ripetizioni per l'esame di licenza, al quale mancava ancora un anno. La passeggiata fin lì era spensierata. Anche d'estate tirava sempre vento, e il vento soprattutto gli dava allegria, lo faceva sentire libero. La matematica e il greco non erano più un ostacolo, mentre faceva ancora fatica con il danese e il tedesco, e soprattutto con il latino.

Senza nessuno che lo controllasse, bighellonava, si godeva l'ozio e la città, che gli era mancata tanto. Esplorava i negozi sotto la Torre Rotonda, le vetrine piene di gioielli, frequentava la Biblioteca Reale, che gli sembrava meno bella di quella del pastore Bastholm. Invidiava i ragazzini che lanciavano barche di carta nelle fontane e non si preoccupavano di niente.

Sognava l'amore, ogni tanto, ma con pudore, come se

pensasse di non meritarlo. Tornava spesso a Ulkegade a vedere i vagabondi, a spiare le prostitute; tra i bordelli aveva scoperto una ragazza mora, giovanissima, con una lunga treccia, la fronte e le guance punteggiate di lentiggini e occhi pieni di desiderio, che andava al pozzo con il secchio ogni giorno alla stessa ora. Pensava di esserne innamorato, anche se si guardava bene dal rivolgerle la parola.

Le famiglie di Copenaghen avevano ripreso a invitarlo a cena, ma non erano più le stesse che aveva lasciato quattro anni prima: i figli erano cresciuti, i vecchi erano ancora più vecchi, altri erano morti; qualcuno aveva fatto carriera e qualcun altro era vicino al fallimento.

Durante la settimana aveva un calendario fitto di inviti. Il lunedì era dai Wulff, il mercoledì da Olsen, che sedeva nel consiglio di amministrazione del Teatro. Il giovedì era per la signora Friederike e il venerdì andava da Ørsted, un fisico riccioluto che aveva scoperto l'elettromagnetismo.

Il suo appuntamento preferito, però, era il martedì.

Era quello meno mondano. Collin gli apriva la porta di casa e lo faceva mangiare insieme alla sua famiglia. Spesso si cominciava in silenzio, e Andersen se lo godeva, perché gli pareva di confondersi con gli altri figli, senza essere trattato come un ospite che impone di conversare.

"Come va con il latino?" gli chiese Collin una sera.

"È un problema," confessò Andersen, e allora Collin decise di testarlo. Si alzò e andò a prendere in biblioteca le lettere di Seneca a Lucilio. "Omnia suo bono constant. Vitem fertilitas commendat et sapor vini, velocitas cervum; quam fortia dorso iumenta sint quaeris, quorum hic unus est usus, sarcinam ferre." Fece una pausa e si avvicinò ad Andersen indicandogli la riga. "Leggete voi," disse.

Tutti erano desiderosi di sapere se fosse migliorato, ma Andersen balbettava qualche parola a casaccio e, da come lasciava cadere le pause, da come calcava il significato di un'espressione, era evidente che non coglieva il senso della frase.

"Che cosa vuol dire?" chiese la signora Collin, quando il marito aveva già rinunciato a tormentarlo.

Andersen rimase in silenzio. Sbuffò, come a farle intendere che non gli importava, che il latino era una lingua distante, difficile e un po' inutile, d'altronde doveva esserci un motivo se nessuno la parlava più.

Intervenne Edvard: "Ogni cosa ha valore per una sua particolare qualità; la vite per i frutti abbondanti e il sapore del vino. Il cervo per la sua velocità. Nel caso dei giumenti, si vuol sapere quanto siano forti di schiena, poiché vengono impiegati per trasportare carichi".

"Devi aiutarlo."
"E perché mai?"

Collin si era già accorto che Andersen non suscitava la simpatia di suo figlio, ma non si aspettava una risposta così secca. Solitamente Edvard era posato, ragionevole, persino generoso. Avrebbe visto con favore una loro frequentazione. Era certo che Edvard, brillantissimo negli studi, potesse aiutare Andersen a superare l'esame di licenza, ma pensava anche che la fantasia di Andersen potesse giovare a quel figlio così severo.

"Pensa solo a sé stesso e alle sue cose," rincarò Edvard. "Parla solo di sé. Viene qui la sera a cantare o a declamare le sue poesie, di cui peraltro non si capisce nulla. Legge male il tedesco, e ancora peggio il danese; per di più parla in modo affettato, pensando di dare espressione e sentimento... E la voce, poi! Da donna! Una tortura per le orecchie."

"Ha un cuore nobile, che andrebbe protetto."

"Ma voi non fate nulla per proteggerlo! Dovreste dirgli la verità, dovreste dirgli che è ridicolo."

"Nessuno dovrebbe permettersi di dare del ridicolo a qualcun altro."

"Sì, se lo è."

"Ma Andersen non lo è."

"Insisto, lo è."

"Anche tu, Edvard, pensi troppo a te stesso. Ti farebbe bene frequentare un poco quel ragazzo."

"E cosa potrei mai imparare da lui?"

"Si impara sempre dagli altri."

"Non sempre."

"Andersen è più interessante di tante persone che frequenti."

"Solo perché pensano alla carriera? Alla famiglia? Perché non scrivono poesie e fantasticherie infantili?"

"Non sarai geloso di Andersen?"

"Io, geloso?"

"Sì, della sua leggerezza, della sua intraprendenza. Cosa avresti combinato, tu, se fossi nato nelle condizioni in cui è nato Andersen?"

"Avrei studiato."

"Chissà. Sei troppo privilegiato per saperlo. Si impara anche a studiare, e lo si impara da piccoli."

"Non sa nulla di latino, non passerà mai l'esame."

"Tu sei bravo, invece, è per questo che devi aiutarlo. E quel ragazzo può darti sensibilità, audacia, capacità di stupirti... Tutte doti che a te mancano."

Edvard rimase pensieroso. Anche perché sapeva di non potersi opporre alla volontà paterna.

Si trovavano il martedì pomeriggio nel salone, prima di cena. Qualche volta Ingeborg suonava il pianoforte, strimpellando Schubert a modo suo, ossia molto male. Gli altri fratelli, invece, si vedevano di rado; magari Louise, o Theodor, ai quali piaceva giocare con qualcuno intorno. C'erano però sempre i due segugi, che assistevano scettici e sonnacchiosi.

Andersen ed Edvard occupavano il grande tavolo con Tibullo e il *De bello Gallico*, e decine di fogli sparsi. Andersen aveva il cravattino slacciato e con le mani tramestava tra i capelli cercando di concentrarsi. Edvard invece stava in piedi, come un domatore del circo, impeccabile nella sua marsina blu.

"Ripetete ancora."

"Ma è la decima volta!"

"Sì, ma non è mai venuto bene."

"Ma alla fine Cesare conquista la Gallia?"

"Imparate il latino e lo saprete."

"Secondo me, sì."

Non appena rincasava, prima di invitarli a tavola, Collin passava da loro e li osservava con la gioia degli adulti che vedono crescere i loro ragazzi. "Come procede il nostro Andersen?"

"Potrebbe fare meglio," rispondeva Edvard, come se Andersen non fosse stato presente.

"Io sono sicuro che si sforzi."

"Non molto, veramente."

Nelle lezioni di Edvard c'era più sfiducia che tensione. Dedicargli quel tempo era prima di tutto una scocciatura, che gli impediva di tirare di spada il martedì. E poi Andersen aveva un carattere ostico, presuntuoso: "Siete troppo distratto," gli ripeteva Edvard. "La precisione è importante. Il latino è scienza, non è improvvisazione. Come la vita, d'altronde." Se si parlava delle guerre puniche, anziché tradurre riga per riga Andersen si inventava di come Annibale avesse convinto gli elefanti ad affrontare la neve: "Lanciando delle carrube".

"Non credo che ne trovasse, sulle Alpi."

"E allora delle rose rosse."

Edvard si irritava per la scarsa applicazione dell'allievo, ma ancor più per il suo modo di presentarsi, di muoversi, troppo eccentrico. "Va di moda il viola quest'anno?" chiedeva sarcastico se quell'altro indossava al collo un fazzoletto di quel colore.

All'inizio Andersen lo viveva come un nemico di cui aveva sempre più timore. Se Edvard diceva "Non ci siamo, Andersen", si sentiva raggelare. Non era la rabbia per un sopruso, ma il dolore di deluderlo.

Sin da subito, infatti, aveva percepito l'ingegno del figlio di Collin, fatto di intuizione, cultura e memoria. Era attratto da quella sua solidità marmorea, olimpica, ancor più da quando aveva compreso che si accompagnava a una sensibilità dolente che il giovane cercava di mascherare.

Anche Edvard, però, si accorse ben presto delle qualità dell'altro, che suo padre aveva intuito prima di lui. Andersen era spigliato, estroverso; l'ignoranza in materia di convenzioni sociali lo rendeva spavaldo. Solo lui in tutta la sua cerchia era in grado di concedersi il lusso dell'immaginazione, di divinare un mondo da un pizzico di cenere nel camino.

Eppure, comunque, qualcosa di Andersen lo irritava, o soltanto lo sfidava. Perché pensava così spesso a lui? Perché mai doveva trattarlo con durezza, lui che era noto per i modi garbati? Possibile che ne fosse geloso, come aveva insinuato suo padre? O soltanto lo innervosiva la pigrizia in un giovane di talento? Si convinse che forse era quel labile confine tra irritazione e attrazione che proviamo a volte per chi è diverso da noi, per chi non capiamo fino in fondo.

A lungo, i loro scambi furono una corrida. Un giorno, per esempio, Andersen sbagliò a leggere un verso di Orazio; e siccome Edvard continuava a tormentarlo, finì per sbottare: "Sapete qual è la verità? Uno scrittore non ha bisogno del latino".

"Siete troppo vanitoso."

"Anche i tulipani lo sono."

"Ma non devono passare gli esami per essere ammessi all'Università."

"Ci sarà un motivo."

Edvard non replicò, sconsolato, e Andersen uscì da Bredgade gongolando, convinto di averlo messo a tacere. Arrivato a casa, tuttavia, cominciò a riflettere sul concetto di vanità e sull'aggettivo "vanitoso". Anche Baggesen, tanti anni prima, alla cena di Siboni, lo aveva messo in guardia: "Ricordatevi di non diventare vanitoso". Si infastidì, perché all'improvviso gli sembrava che quella parola fosse esatta per descriverlo e appuntita come uno spillo che gli si conficcasse nella carne.

Si ripromise, così, da quel giorno, di cambiare, di fidarsi meno delle intuizioni e di attenersi più strettamente alle informazioni, alle regole; il suo rendimento ne trasse vantaggio.

Di fronte a questo cambiamento, Edvard si compiacque e si rilassò. Dalle punzecchiature passarono a qualche piccola complicità.

"Vi ho visto a teatro, ieri," esordì una volta Andersen.

"Avreste potuto salutarmi."

"Non mi avete sentito."

"Le avete notate, le sorelle Thyberg?" gli domandò allora Edvard a bruciapelo, incantato dalla bellezza delle due fanciulle. Dal giorno prima desiderava condividere con qualcuno la visione sublime delle loro vezzose acconciature, del loro sorriso malizioso.

"Sono molto graziose," convenne Andersen, deludendo le aspettative di Edvard di una conversazione più piccante.

Il piccolo episodio segnò tuttavia una svolta nei loro rapporti. Forse, potevano parlare anche di qualcosa che non fossero i verbi difettivi: capitava sempre più spesso che commentassero una commedia, o una notizia che riguardava lo zar, e si trovarono d'accordo nel giudicare la fresca separazione dei coniugi Wexschall – "Lui la trattava con freddezza", "Sì, ma lei era un'arpia". Una volta, Edvard gli chiese di dare un giudizio su come suonasse Ingeborg. "Malissimo," rispose prontamente Andersen facendolo ridere di cuore.

Come sempre accade, diventati capaci di parlare di futilità presto passarono a parlare della vita, del destino, della paura.

Qualche giorno dopo, Edvard regalò ad Andersen un suo vecchio fazzoletto da collo – "È blu, sta bene con tutto" –, e Andersen lo custodì come un tesoro, una reliquia. Erano diventati intimi e visitavano ciascuno i sentimenti dell'altro, i ricordi, le ferite. Parlavano delle rispettive famiglie, così diverse. Andersen gli raccontava del patrigno, dell'odio che aveva per lui, che ormai gli sembrava ingiusto, e della fatica che si fa, nella vita, a capire le cose in tempo. Edvard delle liti con il padre, uomo difficile da superare, che certo non si poteva prendere in giro. Uno soffriva della sua condizione di figlio unico, cresciuto da solo; l'altro lo consolava citandogli i dispetti e le dolorose gerarchie tra fratelli.

Edvard riprendeva Andersen, lo consigliava, lo calmava. E Andersen lo ammirava, perché non si smarriva, non si preoccupava, non tracimava, anche se in realtà gli pareva di amare le poche insicurezze, le piccole crepe, più ancora dei suoi pregi.

"Ce la farò, Andersen?"

"Sì, certo," lo rincuorava.

Le loro lezioni si erano allungate o per meglio dire accorciate, zeppe di pause e divagazioni; nessuno dei due aveva più fretta di iniziarle e concluderle. Eppure, il latino di Andersen migliorava e gli spalancava un mondo. Era come attraversare una foresta fitta finalmente a cavallo, finalmente veloci. Leggevano Catullo e l'amore che esplode e travolge tutto, come una mareggiata. Adoravano Tacito, le battaglie e i destini, e quel saggio constatare che non c'è mai una parte del tutto giusta e una del tutto sbagliata. Apprezzavano il disincanto di Orazio, le avventure di Virgilio, la natura inquieta cantata da Ovidio.

Un giorno che in salone c'erano visite, Collin disse loro di studiare in camera di Edvard. Era quella di un bambino, ed Edvard appena entrato se ne vergognò, ma Andersen ne rimase incantato, perché somigliava un po' a Munkemøllestræde. C'era un bersaglio dipinto di nero e, sopra un cassettone, dei pattini e una pipa. Notò, tra i tanti giocattoli, un'incantevole ballerina di carta e una lunga fila di soldatini di stagno.

Edvard capì che Andersen non lo giudicava, non ne era capace; allora si rilassò, e fu contento che avesse visto quel luogo dove forse nessun estraneo era mai entrato.

C'era un letto stretto e ogni tanto, stanco di una lunga giornata, Edvard ci si distendeva dopo essersi tolto le scarpe e chiudeva gli occhi, senza smettere di insegnare. Era meno faticoso e più proficuo studiare con quelle comodità e finirono per non tornare più nel salone.

Quando Edvard socchiudeva gli occhi, Andersen si metteva a fissarlo; lo guardava, gli sembrava bello, e aveva l'impulso di passargli una mano tra i capelli, di scostargli il ciuffo che gli spioveva sulla fronte.

Rimanevano lì a ripetere, filosofeggiare, scherzare. Si sentivano come gli antichi Romani. Come monaci medievali.

Si sentivano immortali.

"Ogni cosa ha valore per una sua particolare qualità," diceva Edvard, e Andersen proseguiva: "La vite per i frutti abbondanti e il sapore del vino. Il cervo per la velocità. Nel caso dei giumenti, si vuol sapere quanto siano forti di schiena, poiché vengono impiegati per trasportare carichi. Edvard, perché è paziente con Andersen".

Venne ottobre, Andersen passò l'Examen Artium e fu ammesso all'Università.

Gliene importava poco, a dire il vero.

Scriveva continuamente, specie di notte, quando accendeva una candela dietro l'altra, finché durava l'ispirazione.

Quel che scriveva, subito lo faceva leggere a Edvard, e qualche volta aveva l'impressione di scrivere solo per lui, perché solo il suo giudizio contava. Edvard non faceva sconti.

"Sapete che non mi piace questo vostro modo di fare," lo rimproverava. "Conoscete la mia avversione per le espressioni troppo approssimative."

Allora Andersen si sentiva deluso, amareggiato, e pensava che avrebbe dovuto rinunciare, tanto non avrebbe mai combinato niente di buono nella vita. Ma anche quando Edvard lo sosteneva, era sempre lì a precisare, a chiosare: "Mi sembra che nella prima parte ci sia molto in poco, e nella seconda poco in molto," e Andersen si crucciava, perché non c'era una volta che gli dicesse semplicemente "bravo".

Anche Edvard si stava facendo uomo e, ancor prima di laurearsi, aveva cominciato a lavorare presso la Cassa di Risparmio fondata dal padre. Senza più lezioni, con meno tempo a disposizione, continuava a seguire Andersen, ma più che altro indirizzandolo ad altre persone. Gli aveva presentato Reitzel, un editore, che gli pubblicò un racconto, *Viaggio a piedi dal canale di Holmen alla punta orientale di Amager*, che descriveva il tragitto giornaliero per andare dal suo istitutore, ma come una rocambolesca avventura nella notte di Capodanno.

"Dovreste riprovare con il teatro," gli suggerì Edvard, e allora Andersen fu preso da una febbre di soddisfarlo, e si era inventato una commedia, *Amore nella Torre di San Nicolao*, che raccontava di Ellen, promessa a un sarto di nome Søren, ma corteggiata anche da un orologiaio di nome Per. La prosa era migliorata, le intuizioni erano felici, compresa l'idea che fosse il pubblico a scegliere con il proprio applauso quale dei due pretendenti potesse sposare la ragazza. Quando mandò il testo al Teatro Reale non aveva comunque molte speranze, ma questa volta, con sua sorpresa, lo misero in produzione.

Andersen scoppiava dalla gioia; dopo anni così difficili, finalmente qualcosa andava per il verso giusto. La pièce andò in scena in aprile, dopo un inverno nel quale era entrato e uscito ogni giorno dal Teatro per godersi i costumi, le scene e gli attori che declamavano proprio le sue frasi. Aveva conquistato il palco e stentava a crederci.

La sera della prima aveva il cuore in subbuglio, pieno di emozioni contrastanti, ma lo spettacolo fu un successo. Quando si riaccesero le luci, cercò tra il pubblico il volto di Edvard e vide che non era in sala: fu sopraffatto dallo sconforto. Anche se tanti andavano verso di lui per complimentarsi, stringergli la mano, anche se tra gli spettatori c'erano un ambasciatore e un ministro, venuti apposta per lui, non riusciva a godersi il trionfo: Edvard non era venuto. Subito dopo aver salutato frettolosamente gli attori, scappò in Bredgade.

Arrivò trafelato e trovò in casa solo la signora Collin: gli disse che Edvard era ancora al lavoro, e anche suo marito, e lei non si sentiva troppo bene, aveva un po' di mal di gola, così aveva preferito non venire a teatro. Andersen si mise a singhiozzare. Lei pensò che la recita fosse stata un fiasco, e cercò di rassicurarlo: "Succede anche ai più grandi," disse, e Andersen non replicò.

L'indomani si appostò davanti a casa loro sin dall'alba per intercettare Edvard e chiedergli conto della sua assenza. Si sarebbe immaginato di trovarlo dispiaciuto, invece l'amico fu soltanto brusco.

"Gli imprevisti della banca," disse in fretta.

"Era più importante la mia commedia."

"Mi dispiace," fece Edvard sbrigativo, trattandolo come uno scocciatore.

Andersen ne rimase ferito.

Lo sentiva distante, improvvisamente, come volesse rinnegare quella complicità fra di loro che lui invece adorava ostentare, di cui parlava a tutti. Non comprendeva la ragione di quell'atteggiamento e di colpo fu attraversato da un pensiero nuovo: Edvard aveva paura della confidenza e dell'intimità che si erano stabilite tra loro, una lezione dopo l'altra. Sì, Edvard aveva paura, e per questo lo teneva a distanza.

Andersen era divorato dal terrore di perderlo, e dall'ansia di fare qualcosa per riportarlo a sé; e più sentiva di non possederlo, più diventava assillante, e più lo allontanava. Capitava che la mattina gli facesse recapitare un racconto e già la sera stessa gli sollecitasse un parere. "Non posso essere sempre a vostra disposizione," sbottava Edvard, e per qualche giorno si negava, non si faceva trovare, per "insegnargli come ci si comporta" – così ripeteva al padre, che sorrideva di quei bisticci tra i suoi pupilli, sottovalutandoli.

Andersen allora si faceva forza e per giorni evitava di cercarlo, accontentandosi di rivederlo a cena. Edvard lo trattava con un'ironia che sconfinava nella cattiveria:

"Come trovate le poesie di Heiberg?".

"Molto migliori delle vostre."

Andersen non si capacitava che Edvard lavorasse tanto – "A mio parere non è una cosa molto intelligente affannarsi dalla mattina alla sera solo per guadagnare di più" –, ma quel che capiva ancor meno era perché non sentisse il bisogno di correre da lui quando aveva del tempo libero, per raccontargli cosa gli era successo, confrontarsi, sfogarsi, lui che sarebbe stato così felice di ascoltarlo. Lui, che solo quello avrebbe desiderato. Eppure, Edvard pareva ben trovare tempo per gli altri! E così diventava geloso di chi Edvard frequentava, e si infuriava, o ancor peggio si intristiva, se rifiutava un suo invito e poi lo incontrava con qualcun altro a passeggiare lungo il mare. Voleva essere lui a ricevere le sue confidenze, i suoi segreti, e benché fosse sicuro di essere l'unico ad avere accesso a certe crepe del suo animo, non gli bastava.

Una cosa, più di tutte, lo faceva soffrire: ad alcuni Edvard dava del tu, mentre a lui si ostinava a dare del voi. Riservava quella confidenza solo ai fratelli e ad alcuni amici d'infanzia, ai figli dei Wulff, per esempio. Da quel circolo era ancora una volta escluso. "Non sarò mai come loro," si tormentava. Li dividevano nascita, scuole, impieghi, possibilità, vite che si imparano sin da bambini.

Come era capitato a Odense, o alla Scuola del Teatro Reale, o dovunque fosse, si sentiva una giraffa in mezzo ai leoni.

Era un anno molto caldo, e già dal mese di giugno, dopo il giorno di San Giovanni, le famiglie più ricche partirono per la villeggiatura. In assenza dei suoi protettori, Andersen cenava di rado; quando la noia e la fame cominciarono a farsi sentire mandò qualche lettera, e fece capire che non avrebbe disdegnato un invito estivo.

I primi a chiamarlo furono i Wulff, quindi Iversen, finché alla fine di luglio i Collin gli aprirono le porte della loro casa sul Lago Tissø, a Nørager.

Era, ovviamente, la destinazione che preferiva.

Arrivò di mattina, in carrozza, all'uscio di una villa enorme, intonacata di rosso, riparata da una piccola foresta di tigli, rossastri anch'essi. Gli venne incontro Louise, scalza, e gli fece strada. Appena varcato l'uscio, sentì il profumo dei Collin, anche lì, ma con una nota diversa, perché ogni casa ha il suo odore. Paradossalmente, la villa era molto più sontuosa della casa di città, come se ancora custodisse qualcosa di un precedente proprietario, ed era decorata con dipinti giganteschi. Lungo i corridoi erano appese ghirlande di foglie di faggio.

"Dov'è Edvard?" chiese subito.

"È andato a fare una passeggiata."

Prese possesso della camera che gli era stata destinata: si trovava al pianterreno, sul retro, ed era affacciata sul parco. Pensò di riposare un po', perché il viaggio era stato faticoso, ma in realtà smaniava, eccitato all'idea di rivedere Edvard dopo due mesi di lontananza. Si pettinò con cura, anche se i capelli non gli obbedivano mai, e continuò a tirare di qua e di là il fazzoletto da collo, per dargli la forma che voleva.

Si sedette in salotto con i Collin, e poiché l'altro tardava decise di uscire sul prato per andargli incontro; arrivò fino al cancello, ma poi tornò indietro, perché non voleva mostrarsi agitato o impaziente. Così rimase sulla porta, scodinzolando come un cane, finché non lo vide arrivare insieme al padre; camminavano vicini, spediti, e lo salutarono con felicità. Edvard aveva le guance arrossate dal sole e lo sguardo sereno. "Eccovi, finalmente!" gridò, e lo abbracciò con vigore, un trattamento che mai in città gli era stato riservato.

"Volete fare due passi con me?" gli disse subito Andersen.

"Sono esausto. Magari nel pomeriggio."

Pranzarono e poi si coricarono per qualche ora. Uscirono insieme che il sole era ancora alto e Andersen trovò Edvard più rilassato. Ripresero a parlare con naturalezza, senza strappi, confessandosi l'un l'altro che a entrambi mancavano le lezioni di Bredgade, anche se in modo diverso; per Edvard era la nostalgia di qualcosa di irripetibile, per Andersen un desiderio più concreto, quasi un progetto per il futuro.

Avrebbero dovuto fare giusto due passi, il giro della casa, ma non si accorsero del tempo che passava, e della distanza che percorrevano: si ritrovarono in riva a uno specchio d'acqua.

Era bello, il lago. Aveva, insieme, qualcosa di celestiale e di chiassoso, come un paradiso operoso, in cui molte cose debbano ancora succedere. C'erano calessi, e signorine con il parasole, e già a distanza si sentivano il suono degli organetti e la voce di qualche vecchio che cantava. Tagliavano lo sguardo alberi altissimi, dai cui rami dondolavano altalene sospese.

"Non è poi così brutta, la vita," disse Edvard.

Era un altro ragazzo, lì: lontano dagli intrighi della città, dalle preoccupazioni, gli esplodeva addosso la sua purezza.

"Bisognerebbe vivere qui," sospirò trasognato. "Se solo fosse possibile..."

"Ma lo è!"

"No, purtroppo no," disse, con un barlume di tristezza.

"Non è vero."

"Non si può, Andersen. Purtroppo non si può," concluse Edvard perentorio.

La sera andavano a dormire presto.

Ogni tanto, però, Andersen si svegliava nel cuore della notte e pensava di andare da Edvard, svegliarlo, mettersi a chiacchierare, così, senza motivo, e poi addormentarsi insieme. Quel pensiero lo inteneriva, più di tutto.

Sognava solo di stare abbracciato a lui.

Poi, però, sempre, si eccitava.

Sono uscita dal giardino di nascosto, perché mio padre non mi avrebbe mai dato il permesso di andare da lei.

Sarà lui, lo so, a soffrire più di tutti. Penserà che sono impazzita, non capirà, si convincerà di avere colpe che non ha, di aver sbagliato qualcosa. Si tormenterà.

Ma io non posso stare senza il principe.

E lui non mi vuole come sono, non può volermi, ne sono sicura, si vergognerebbe di me. Ha bisogno di una donna, di una donna vera, non di una sirena.

Allora ho preso il torrente a nord, che ribolle di lava, dove non cresce niente. Non ci sono fiori né erba, soltanto un fondo di sabbia grigia. La terra scotta, e si aprono vortici di acque inquiete. Sono passata a fatica. È arrivato il gelo e, davanti a me, una distesa di cespugli che sembrano polpi. Non so come ho fatto a liberarmi dalla loro morsa, ho continuato.

La verità è che niente può fermarmi.

Eccola, la casa della strega, bianca delle ossa degli uomini morti in mare. Sono entrata e lei mi ha subito riconosciuto, perché conosce tutte le figlie del re, e si è meravigliata; nessuna di noi era mai andata da lei, è proibito.

"Cosa ci fate qui?"

Teneva in una mano un ranocchio e con l'altra carezzava orribili serpenti dai denti gialli.

"Solo voi potete aiutarmi."

Le ho chiesto di darmi due gambe, anziché questa coda. Le

ho chiesto di darmi un grembo, che possa farmi amare. Le ho detto che sono disposta a tutto, pur di essere una donna come le altre.

Mi ha guardato stupita e mi ha detto che la richiesta è folle, e comunque non ci si può fidare dell'amore: l'amore acceca, inganna, ci induce in errore... e poi finisce. Da certi incantesimi, ha detto, non si torna indietro.

Io le ho detto che non avrò ripensamenti.

Allora lei mi ha preparato una pozione.

La berrò stanotte e poi, finalmente, sarò una donna.

Un'ultima cosa ha aggiunto la strega: "Tutto ha un prezzo".

E allora ha chiesto in cambio la mia voce, perché non esiste creatura del mare che abbia una voce bella come la mia. Non avevo alternative, e ho accettato.

Il mio amore dovrà nascondersi.

Il mio amore dovrà tacere.

All'inizio delle lezioni Andersen conobbe un ragazzo di nome Christian Voigt, figlio di un ricco mercante di Faaborg, una città portuale nell'isola di Fyn, non lontana da Odense. Aveva un accento simile al suo e un carattere gioviale, spiritoso, brillante.

Diventarono amici. Anche Christian leggeva quel che Andersen pubblicava, benché non avesse la profondità e l'intelligenza di Edvard. Era molto orgoglioso di lui, però, e quando lo presentava a qualcuno diceva: "Questo è il mio amico scrittore". Gli aveva dato del tu immediatamente, e lo invitava a bere il caffè da Petersborg, dove Edvard non l'aveva mai portato. Christian ascoltava Andersen incantato, perché nessuno, a Faaborg, parlava in modo così fantasioso.

Una sera, Christian gli domandò di accompagnarlo a una festa. "Non ho trovato una dama disponibile," ammise divertito. "Non conosco quasi nessuno in città." Andersen si preparò di tutto punto, indossò un lungo cappotto giallo e il fazzoletto blu di Edvard. Christian venne a prenderlo in carrozza e lungo la strada Andersen gli chiese chi avesse organizzato il ricevimento. "I figli dei signori Wulff, ad Amalienborg. Li conosci?"

"Un po'," rispose Andersen.

Doveva trattarsi del compleanno di Ida, la più giovane, e si incupì al pensiero che lei non l'avesse invitato personalmente. Subito desiderò tornare indietro, perché si vergognava di presentarsi senza essere atteso in una casa dove era conosciuto, ma Christian, ignaro, continuava a spronarlo: "Ci divertiremo. Ci saranno senz'altro tante belle ragazze".

Era troppo tardi, ormai, per sottrarsi e arrivarono fino ad Amalienborg. Scesi dalla vettura, videro Ida Wulff che li aspettava sulla porta e Andersen le andò incontro con aria di sfida. Avrebbe voluto dirle: "Non mi volevi, ma sono qui". Ida, invece, benché sorpresa, se ne uscì con un brillante: "Caro Andersen! E dire che temevo non vi fosse arrivato l'invito!".

Anche se vi andava quasi ogni settimana, gli sembrò di entrare per la prima volta nel palazzo: non c'era nessuno dei damerini curiosi di ascoltare le sue poesie, e nessuna delle sue adorate vecchie contesse adoranti. Non c'erano, insomma, quelle numerose famiglie pacifiche che smorzavano gli impeti dei figli e lo accoglievano con giubilo, c'erano solo i giovani, sfrontati e ruvidi, e alticci. C'erano le ragazze Hanck, le Bang, i giovani Müller. Lo champagne non mancava, qualcuno aveva intonato una canzone.

Superato l'imbarazzo, Andersen fu contento di trovarsi lì, e per sdebitarsi con Christian gli presentava fiero tutti quelli che conosceva; il suo amico era spigliato, proponeva un brindisi o motteggiava, per nulla intimorito da quell'ambiente sofisticato. Anzi, piaceva proprio per i modi impetuosi e schietti, e le ragazze sbirciavano volentieri il suo corpo robusto.

"Andersen!" sentì gridare, e riconobbe poco più in là Mimi Thyberg. Era una delle ragazze più brillanti della città, intelligente e gentile; l'aveva incontrata solo qualche volta, ma lei gli aveva confidato il suo amore per la poesia e Andersen aveva avuto con lei scambi divertenti e piacevoli. Mimi aveva modi lieti, spiritosi, che ne accrescevano la bellezza. "Sapete per caso dov'è finita mia sorella?"

"No," rispose Andersen, che le presentò Christian.

Poi, l'orchestra si fece più rumorosa; dopo i convenevoli iniziali e un lauto buffet, era il momento di ballare. Fino a quel momento era stato proposto uno stanco minuetto, e poi una française di violino, fuori moda per i giovani di Copenaghen. "Un valzer viennese!" cominciò a chiedere una folla sempre più impaziente.

Finalmente risuonò la musica che tutti aspettavano: Strauss. Christian invitò una ragazzina dai capelli color miele, magra magra, che subito accettò, mentre Andersen rimase da solo finché non gli si avvicinò Mimi: "Perché non ballate con me?".

Andersen rispose che ne sarebbe stato onorato.

Era orgoglioso di avere per sé una delle ragazze più ambite di Copenaghen e si lasciò trascinare al centro del salone. Eccoli, vicini si notavano subito. Lui era il più alto di tutti, spiccava con quel cappottone colorato e i capelli scompigliati. Lei, invece, era minuta e sbarazzina. Andersen ballava in modo ruvido, meccanico, ma con impeto. Anche Mimi era disinvolta; meno attenta a eseguire i passi alla perfezione, intraprendente.

"Più che valzer, questa è ginnastica," gli disse ridendo.

Volteggiavano rapidi in mezzo alle altre coppie, alcune eleganti, altre ridicole, finché videro che c'era anche Jette, la sorella di Mimi, e ballava insieme a Edvard.

Erano belli insieme.

Lei aveva gli occhi grandi, la carnagione chiara, qualcosa di delicato che non aveva invece Mimi. Lui con lo sguardo sognante, le labbra carnose, era stretto nella marsina. Sapeva portarla, il suo era un valzer impeccabile, ma senza trasporto, pudico. In fondo Edvard era timido, anche come ballerino; non riusciva a stringere la sua dama, a cingerla forte in vita, la sfiorava appena, come certe brezze d'estate troppo brevi. Lei, però, sembrava gradire quei modi rispettosi. Anche i loro occhi, se si incrociavano, subito si abbassavano.

Andersen non smetteva di guardarli. Li invidiò, e poi si arrabbiò con loro, come se si sentisse escluso. Perché Edvard non gli aveva detto di quella festa? Perché non si era adoperato per farlo invitare? Perché aveva dovuto pensarci Christian? Si arrabbiò e pensò di strapparsi dal collo il fazzoletto di Edvard, davanti a tutti, di scagliarlo per terra e calpestarlo. Si sentiva ridicolo a indossarlo, quando lui ballava insieme a

Jette con quell'aria sognante. Più di tutto avrebbe voluto separarli, andare da Edvard e fare una scenata. Anzi no, avrebbe voluto ballare con lei, portarla via a Edvard, far capire a tutti che lui danzava meglio di chiunque altro. Chiuse gli occhi per non guardarli e pensò che sarebbe stato meraviglioso, invece, ballare con Edvard. Avrebbe voluto stringerlo a sé, sentire quel profumo che ogni tanto percepiva nell'aria anche se Edvard non era nei paraggi, come se si fosse avvicinato con l'anima, e poi sussurrargli qualcosa all'orecchio per farlo ridere. Non si era mai visto un valzer tra due uomini, giacca contro giacca, ma lui si immaginò, nitidi, loro due, in mezzo a tutti. Sarebbe divertente, pensò.

Finì quel ballo, ne cominciò un altro.

Mimi cambiò cavaliere e Andersen rimase fermo finché non si accorse di una ragazza seduta in disparte e le chiese di fargli da dama. Non sapeva chi fosse, e lei gli sussurrò un nome straniero, che non capì. Mentre la faceva volteggiare, si guardava intorno. Quasi tutte le coppie, ormai, erano cambiate, ma Edvard e Jette erano ancora insieme.

Suonarono una polka, poi un'altra, quindi tornarono i valzer. La festa era in pieno svolgimento, la musica vorticosa, e Andersen trovò altre ragazze, tra cui una splendida che profumava di caffè, ma non gli importava, perché continuava a spiare Edvard e Jette, e aspettava solo che si separassero, ma quei due continuavano a danzare e nemmeno si erano accorti di lui, neanche un cenno di saluto; finché, finito un altro ballo, mentre l'orchestra stava cambiando gli spartiti sui leggii, gli parve che stessero finalmente per dividersi e allora, dopo una lieve esitazione, andò verso di loro. Proprio in quel momento la musica ripartì, ed Edvard e Jette pensarono che forse sì, era sconveniente ballare insieme per tutta la serata, ma in fondo non importava, e così Andersen li vide ricominciare a muoversi all'unisono, mentre lui rimaneva da solo, senza sapere cosa fare di sé.

Si guardò intorno, non c'era nessuna ragazza libera, e allora si disse che non aveva bisogno di nessuno, centinaia di volte aveva ballato da solo, sin da quando era bambino, e ancora qualche volta lo faceva nella sua stanza; in fondo lo aveva fatto per anni anche nei camerini del Teatro Reale, o di notte, per le strade di Copenaghen.

Così si mise a ballare, da solo, il valzer.

Faceva movimenti ampi, piccoli salti, larghi gesti con le braccia, e si spostava sulle gambe lunghe, senza grazia, urtava gli altri ballerini, voleva solo che lo vedessero, che si accorgessero di lui, quindi prese a girare su sé stesso, una piroetta dietro l'altra. Poi la musica finì.

Era esausto, sudato, la camicia fradicia, i capelli incollati alla fronte. Tutti lo guardavano, non gli toglievano gli occhi di dosso, per vedere fin dove si sarebbe spinto. Mormoravano: "È un esibizionista", e qualcuno aggiungeva: "Con quella voce, poi, sembra una cornacchia", e un manipolo di fanciulle diceva invece: "Ma chi lo ha invitato?". Provò a incrociare lo sguardo di Edvard, che appena lo vide scosse la testa sconsolato, come a rimproverarlo.

"Siete proprio un matto," gli disse invece Mimi Thyberg, riprendendolo sottobraccio e portandolo dall'ammiraglio Wulff, appena rincasato.

La festa, intanto, era finita.

Edvard e Andersen continuavano a vedersi il martedì sera, e qualche volta a una festa, o per caso in città. Non si davano appuntamenti, e se Andersen gli proponeva una mostra interessante da visitare, o una passeggiata lungo il mare, Edvard declinava ogni invito, aveva sempre qualcos'altro da fare. Eppure, quando si incontravano, a volte, in qualche modo, quasi per sbaglio si dicevano le cose, si sentivano vicini.

Andersen ricordava il lago, e l'abbraccio che si erano scambiati, e sempre ne cercava un altro, ma Edvard non era mai espansivo con lui. Più spesso, era distante, brusco. Cambiava umore all'improvviso, alternando complimenti e rimproveri severi. Se Andersen provava ad avvicinarsi, quando si sentiva capace di riportarlo a sé, Edvard lo teneva a distanza.

Era vero, però, anche l'opposto. Era come dell'acqua che continuasse a ghiacciare e a sciogliersi.

Edvard non lo lasciava mai andare del tutto. Se Andersen si allontanava, anche senza intento, magari solo perché era preso dalla scrittura, Edvard andava a cercarlo, chiedeva di lui. E Andersen veniva sempre a saperlo.

Sapevano parlare, sì, ma non di loro due, della loro amicizia, perché Andersen di colpo si faceva supplicante: "Ditemi, Edvard, quali difetti ci sono in me, quali sono le cose che vi dispiacciono? Cambierò!". Allora Edvard replicava stupito che gli pareva una frase fuori luogo, e Andersen non riusciva a dirgli niente, sentiva che le parole gli morivano in gola, e il martedì sera, nel gelo di Copenaghen, senza carrozza, tornava alticcio verso casa con cento frasi in tasca che non aveva saputo pronunciare.

Pensò allora di scrivergli.

In fondo scriveva lettere anche a Collin, a sua madre, ad altri. Certo, per lui sarebbero state diverse, ma erano comunque un modo per mettere in ordine i pensieri, avere meno fretta.

Gliele spediva quando Edvard era nello Jutland a badare alle tenute di famiglia, ma anche se non lo trovava in casa per qualche giorno. A volte, però, gliele recapitava lui stesso a cena, davanti a tutti, dicendogli di leggere con calma, di fargli sapere.

All'inizio era agitato. Aveva paura di non ricevere risposta, di irritarlo.

I suoi timori erano infondati.

Andersen scriveva di più, certo, a volte anche troppo, era inarrestabile, ma Edvard lo seguiva, anche se aveva tempi più lunghi e qualche volta riceveva da Andersen una seconda lettera prima di aver risposto alla precedente. Aveva meno talento per preamboli e metafore e usava una lingua diversa, meno fantasiosa e meno seduttiva. Però gli rispondeva sempre. Ogni tanto, raramente, si lasciava andare: "Mio caro Andersen. Mezzo addormentato, mi siedo qui e mi preparo a scrivervi".

Da bambino andava due volte all'anno nel giardino dell'ospedale di Graabrøde, in autunno e in primavera, quando la nonna si occupava di preparare il falò delle ramaglie.

Gli piaceva vedere i matti, gli piaceva averne paura, era curioso di immaginare cosa fosse capitato a ciascuno di loro, cosa avessero combinato. Alcuni se li ricordava da un anno all'altro e li cercava sempre; il marinaio che disegnava cuori e intestini, il ragazzino che usciva portandosi dietro una scala a pioli, dicendo a tutti che doveva salire in cielo.

Dopo dieci anni che non ci veniva, entrò per la prima volta dentro l'edificio.

Lo accompagnava un'infermiera alta, premurosa, che si curava di ragguagliarlo sulla salute della madre. Erano informazioni impietose, difficili da accettare. Pensò che aveva voglia di vederla, ma ancor più di portarla via da lì, benché sapesse di non poterlo fare.

Pure sua madre, alla fine, era impazzita. Erano impazziti tutti, nella sua famiglia, il nonno Traes e anche suo padre, che nel sonno parlava con Napoleone. Rifletteva amaramente sul fatto che sarebbe successo anche a lui. In fondo, si disse, è un modo come un altro per sopravvivere.

L'infermiera lo portò oltre il vecchio refettorio e poi lo precedette su per una lunga scala.

"Beve ancora molto?" chiese soltanto.

"Troppo poco. È questo il problema."

Procedettero affiancati finché arrivarono davanti a una grande porta di legno chiusa da cinque lucchetti. L'infermiera li aprì a uno a uno con pazienza. "Una volta dentro, non perdete tempo a guardare."

Era l'inferno in terra, uno stanzone maleodorante, una fisarmonica di letti affollati, le pazienti sporche e cenciose. "Veloce, vi ho detto," lo esortò l'infermiera, e Andersen le obbedì, ma si sentiva in pericolo, come se camminasse in mezzo a una foresta infestata dagli spiriti.

Il letto che stavano cercando era in fondo alla camerata; c'era solo una finestrella, in alto, che proiettava un fascio di luce su un lungo rettangolo di buio. La donna che vi era sdraiata sopra era uno scheletro, sgonfia, svuotata, senza guance e senza petto.

"Hans Christian," disse soltanto, con una voce irriconoscibile, rugginosa.

Andersen cercò di ricordare com'era da giovane, quando era bella, e ci riuscì.

"Come stai?" gli chiese lei, appena udibile.

"Non me lo chiede mai nessuno," rispose Andersen.

"Hai una bella vita."

"Te lo faccio credere."

"Non è vero?"

"Non devi preoccuparti per me."

"Grazie per i soldi."

"Sono niente."

"Leggo tutto quello che scrivi."

"Ti piace?"

"Sono cose importanti. Servono alle persone, lo sai. Alle persone semplici, come tua madre, servono molto."

Lui si commosse e le sfiorò il braccio; la sentì fredda. "Non essere così sentimentale," disse, e per non farle vedere le lacrime che gli stavano scappando dagli occhi le si avvicinò per abbracciarla. Subito sentì il puzzo dei vestiti e poi, sotto, il suo profumo, quello di sua madre, quello dentro il quale era cresciuto.

"Hai una fidanzata?"

"No."

Lei chiuse gli occhi e respirò a fondo. Non aveva più voglia di parlare e rimasero così a lungo. Andersen continuava ad accarezzarle l'interno del polso, dove la pelle era ancora morbida.

Si svegliò all'alba per prendere la prima diligenza e arrivò a Faaborg che era ancora mattino. Trovò posto in una locanda e andò subito alla ricerca della casa dei Voigt, che lo avevano invitato per qualche giorno. Gli avevano detto che era gialla e che era la più bella della città, la trovò facilmente: era nascosta da un muro, e non c'era un cancello, solo un arco basso dal quale si accedeva a un prato, cinto su tre lati da un complesso di case che un tempo era stato un monastero.

Andersen suonò alla porta e gli aprì un maggiordomo: "Il signorino non c'è, ripassi più tardi", e lui stava già per andarsene quando vide rincasare una fanciulla. Aveva un bel viso di provincia, più intenso e autentico di quelli che si trovano in città. I capelli molto scuri, raccolti in una cuffia, gli occhi grandi.

"A quest'ora del mattino mio fratello dorme sempre. Se volete, potete attenderlo con me. Chi siete?"

"Studio con lui all'Università, mi chiamo Andersen."

La reazione della giovane fu inaspettata, perché subito lo riconobbe: "Lo scrittore?".

"Sì," rispose stupito lui, che mai era stato accolto con tanto calore.

"Ho letto i vostri libri," confessò la giovane, che si concentrò per ricordare alcuni suoi versi: "*Qui fa freddo, la tempesta delira follemente. Ma nei sogni è tutto così meravigliosamente luminoso*".

"Così mi lusingate."

Gli disse che non aveva mai conosciuto di persona uno scrittore, a Faaborg non ce n'erano. "Mio fratello mi parla sempre di voi, e mi pare di conoscervi già. So anche che avete paura dei cani, e di essere ucciso nel sonno."

"Vi racconta proprio tutto, insomma," rise lui.

Si chiamava Riborg, aveva la stessa età di Andersen. Quando Christian si svegliò, li trovò che conversavano in salotto. Andersen alternava battute di spirito a un tono troppo serioso, ancor più buffo. Riborg pareva saggia, compassata, ma le piaceva scherzare. Christian li interruppe e abbracciò Andersen, poi convocò il resto della famiglia per le presentazioni: vennero il padre, la madre e altri tre fratelli. Si diedero appuntamento per il pranzo, ma prima Christian gli fece fare un giro in paese. Tutti li salutavano con deferenza, perché i Voigt erano la famiglia più facoltosa del luogo.

"Come trovate mia sorella?"

"Molto graziosa."

"A me non sembra. Sono meglio le Thyberg."

"I fratelli non vedono la bellezza delle sorelle."

"Perché non vi fidanzate con Riborg?"

"Ne sareste contento?"

"Certamente sì."

Quel pensiero lo mise di buon umore e lo coltivò a pranzo, quando Christian lo fece sedere vicino alla sorella e lui riprese a scherzare con lei.

Per avvicinare ancor più i due giovani, l'indomani Christian organizzò un'uscita in barca. Il vapore partì di buonora per seguire il profilo della costa; una volta al largo, non c'era più l'affanno del calore in città ed era venuta fuori una giornata splendida, tutto il cielo sembrava trafitto dall'oro della luce e le nuvole navigavano, rosse e rosa. Con una punta di malizia, il fratello li lasciò soli a godersi il panorama dal parapetto. Andersen trovò Riborg gentile e arguta, sentiva che ormai c'era un'intesa tra loro. Lui le parlava in modo poetico e lei non si stufava come certe signorine di città. Quando una farfalla salì a bordo, le disse: “Vivere non è abbastanza, per le farfalle. Devono avere i fiori, il sole, la libertà”.

“Io non mi sento così libera, a Faaborg.”

“È molto faticoso, essere liberi. Molto rischioso.”

“Voi lo siete?”

“Vorrei.”

Passavano i giorni, tra le case colorate di Faaborg e il mare dell’estate, la pigrizia dei boccali di birra e il cervo arrostito nelle osterie del paese. Andersen e Riborg erano diventati inseparabili e lui aveva preso ad accordarsi con lei, anziché con Christian, per gite e passeggiate.

Non mancavano, tra loro, le smancerie, le mani che si sfioravano senza mai toccarsi, la sensazione che lei lo lasciasse fare, che chiedesse un po’ più di intimità. Anche la famiglia incoraggiava quel legame appena nato, e in particolare il padre, uno di quegli uomini con una venerazione per chiunque avesse pubblicato un libro. Non lesinava ad Andersen pacche sulle spalle e parole di incoraggiamento.

Pareva un incantesimo, quell’infinita estate di gioie, finché Andersen si rovesciò le tasche e si accorse di avere soltanto pochi scellini. Doveva assolutamente tornare a Copenaghen, ma certo non voleva che i Voigt scoprissero il perché, così si inventò degli impegni nella capitale.

A fugare la malinconia per quella partenza intervenne Christian: “Come sempre siete fortunato, Andersen, perché stasera ci sarà una festicciola. Vuol dire che la dedicheremo a voi”.

Si vestì di tutto punto, si pettinò con cura, non si mise il fazzoletto di Edvard e finì per arrivare in ritardo, quando Riborg era già lì, lo aspettava con le guance più colorite del solito e un’elaborata acconciatura. Andersen notò gli occhi brillanti, la camicetta di un bianco luminoso, la lunga gonna che slanciava la figura.

La salutò velocemente, perché poi Christian lo monopolizzò per presentarlo agli altri invitati. Erano figli di carpentieri e di pescatori, anch'essi lusingati dalla presenza di uno scrittore, e Andersen si trovò a suo agio; era gente priva di affettazione e sarcasmo, che conosceva il mare e le foreste, e la povertà.

Voleva stare con Riborg, però, e presto si defilò da quella ciurma. Cominciarono le danze. Si ballava anche lì, sì, ma in modo ben diverso da Copenaghen, al suono di una fisarmonica e di un tamburo. Dopo un ballo, tuttavia, preferirono ritirarsi, e lei era felice di stare con Andersen, perché non chiacchierava mai con nessuno come con lui, che aveva quella sua sensibilità speciale, quel modo tutto suo di vedere le cose. Aveva tante domande: qual era il suo metodo di scrittura? Come gli veniva l'ispirazione per comporre poesie? Adesso nessuno li disturbava, nessuno si avvicinava a loro.

Dopo un'oretta Christian venne a chiamarli per rincasare e Andersen andò a coricarsi alla locanda. Il volto di Riborg era lì con lui. Pensava solo a lei e non la sentiva estranea, piuttosto provava per lei un sentimento dolce, gentile. Le si era già affezionato, gli sembrava già di amarla. Non sapeva bene cosa fosse l'amore, ma se lo immaginava così: una grande difficoltà a pensare a qualcuno, o a qualcosa, che non fosse Riborg.

•

L'indomani, giorno della partenza, fece in fretta i bagagli per avere il tempo di darle un ultimo saluto. Si scapicollò per le scale e si mise a cercare il locandiere per saldare il conto. Era un omino pieno di capelli, con una cicatrice sul labbro inferiore, e lo trovò in giardino, affaccendato a curare un roseto giallo. Pagò il soggiorno fino all'ultimo tallero, ma l'omino contava le monete lentamente, a una a una, e Andersen finì per spazientirsi. "Non abbiate fretta. Ci vuole ancora un bel po' prima che parta la vostra diligenza," disse con tutta calma il locandiere.

"Ma prima devo tornare dai Voigt," replicò lui con una punta di orgoglio. "Devo salutare Riborg, è una così cara fanciulla! Si è molto affezionata a me."

Non si tratteneva più; si sentiva bene al solo pronunciare quel nome.

Il locandiere lo guardò perplesso: quel forestiero poteva anche essere innamorato della figlia dei Voigt, ma era destinato all'insuccesso. Perfido e allusivo, buttò lì: "Andate dai Voigt, posso tenervi il bagaglio mentre cercate Riborg... Sempre che non sia dal suo fidanzato".

A quelle parole Andersen si sentì gelare: "State dicendo che lei...".

"È fidanzata con il figlio del farmacista. Un bel giovane. Ricco, anche."

Scappò senza salutarla ma, montato sulla carrozza, cominciò a rimuginare: aveva sbagliato a non parlare con Riborg, a non chiederle spiegazioni.

Aveva agito d'impulso, una volta di più, per quel suo terrore di non piacere a nessuno, come se si sentisse già sconfitto prima ancora di cominciare una battaglia.

Ma se quell'altra era fidanzata, cosa poteva fare?

Certo non avrebbe rotto il fidanzamento per lui. No, non era certo all'altezza del farmacista, e nemmeno di chiunque altro se era per quello, sarebbe stato una sciagura per qualsiasi donna, non sapeva come si trattavano le donne, di cosa avessero bisogno, e nemmeno farci l'amore.

Poi si riprese, e allontanò quei pensieri.

Doveva invece pensare alla forza che sentiva dentro per il solo fatto di essere innamorato, e in fondo godersi un poco quel dolore, quel senso di incompiuto, il dubbio di non poter essere riamato.

Tornato in città, aveva l'aria di chi ha un segreto e non vede l'ora di rivelarlo; pensava a Riborg continuamente, e parlava di lei a tutti, dalla fornaia che ogni mattina gli vendeva il pane a Ruten fino a tutti i Collin.

Quando tornò Christian per l'inizio dei corsi, subito gli chiese come stesse la sorella, cosa facesse, come passasse le sue giornate, finché non trovò il coraggio: "È vero che Riborg sta per sposarsi?".

"Ha un fidanzato, sì, però non ci piace molto."

Quella notizia lo riempì di gioia, ma scoprì anche che il matrimonio era previsto per la primavera successiva e che non aveva molto tempo per impedirlo. Eppure si sentiva determinato, era pronto a fare di tutto per conquistarla.

La situazione nuova lo eccitava.

Era interessante, avventurosa.

Aveva un rivale in amore.

"Ho grandi notizie per te, Andersen," gli disse Christian al Petersborg un pomeriggio di ottobre: "Riborg sarà in città per vedere un'amica malata. Alloggerà per tre settimane all'Hotel Royal. Sono sicuro che sarà felice di vederti".

"Quando arriverà?"

"All'inizio della prossima settimana."

Contò i giorni che mancavano all'incontro, si comprò una giacca nuova, si lucidò gli stivali, scrisse decine di poesie che tuttavia poi gli parvero troppo melense, e appena fu certo che Riborg era arrivata si precipitò da lei.

"Buongiorno, Andersen!" Sembrava felice che lui fosse andato subito a trovarla.

"Buongiorno, Riborg."

Pareva che fossero ancora a Faaborg, e ridevano, si prendevano in giro, e poi discutevano della superiorità dei gatti sui cani, delle albe sui tramonti. Dopo averla vista, riuscì a scriverle dei versi più convincenti del solito: "*Due occhi bruni ho visto di recente, un mondo e una casa ci son lì per me. Splendono con bontà e la pace che han solo i bambini, e per tutta la vita non li dimenticherò mai*".

Lei si commosse. Prese a invitarlo ad andare a trovarla in camera, e qualche volta Christian non c'era. Riborg si sarebbe aspettata un po' più di audacia da quel corteggiatore; perlomeno un abbraccio, un tentativo di bacio. Magari l'avrebbe respinto, perché così voleva la consuetudine, ma poi gli avrebbe fatto intendere di dover insistere, di non arrendersi, avrebbe ottenuto ogni favore a suo tempo. Ma anche se era buio, e lei gli si sedeva vicino, e si scopriva un poco il seno, fingendo di sistemarsi la camicetta, Andersen rimaneva immobile.

"Ma gli piacciono, le donne?" chiese a Christian.

"Moltissimo, è solo timido," la rassicurava il fratello. "Dovete forse incoraggiarlo."

"Più di così, posso solo denudarmi."

Con il corpo, no, non si prendevano ancora, ma con l'anima invece erano attaccati, vicini, e Andersen la ascoltava, e trovava sempre le cose giuste da dirle, finché un giorno le chiese: "Avete intenzione di sposarvi?".

Lei gli sorrise bonaria. Si era affezionata a quel ragazzo anche se non capiva bene chi fosse, se davvero le piacesse o fosse solo un'infatuazione. "Mio caro Andersen, sono molto confusa. Ho dato la mia parola a un uomo, ma non mi sento affatto sicura dei miei sentimenti."

"E io?"

"Voi mi siete così vicino che non capisco."

Riborg guardava fuori dalla finestra, e Andersen prese coraggio, si alzò e le andò vicino. Lei si voltò e incrociò il suo sguardo. Finalmente lesse nei suoi occhi il desiderio. Adesso erano vicini come non mai, lei gli sfiorò la guancia e lui sentì il sangue bruciare, allora le afferrò le mani ed erano calde. Si bloccò, però, ancora una volta, come se non sapesse che fare, quindi cominciò a baciarle le labbra premendo con passione. Poi la lasciò andare.

Non disse nulla.

Lei era emozionata, ma era rimasta ancora una volta delusa.

L'indomani Christian gli disse che era tempo di darsi da fare. Riborg stava per ripartire, dovevano andare a cena loro tre, quella sera stessa, e lui doveva dichiararsi: "Ti aiuterò, Andersen, dirò a Riborg di pensarci bene, che sarebbe un'ottima occasione per lei".

Gli diede appuntamento da Petersborg alle sei.

Andersen fece una camminata fino al mare e rincasò ben prima del previsto. Non vedeva l'ora di incontrare Riborg, ma al tempo stesso era terrorizzato. Quando parlava, spesso faceva pasticci e così provò a riordinare le idee scrivendo: "Mi è impossibile parlarvi di ciò che mi sta a cuore, di quello che dovete sapere prima di ripartire". Le confessava poi il suo amore e le chiedeva se amasse davvero quell'altro. Si scusò, parlando dei tempi di Faaborg, "non sapevo che foste fidanzati, altrimenti avrei cercato subito di combattere sentimenti che prima di quel momento mi erano del tutto estranei".

Rilesse più volte, ma c'era qualcosa che non andava. No, non era convincente. Non era seducente. Riborg non avrebbe mai accettato di mandare a monte il fidanzamento con il figlio del farmacista per lui. Si sentì depresso, ancora una volta inadeguato. Pensò che non ce l'avrebbe mai fatta.

Gli girava la testa, un vago senso di nausea gli saliva in gola. Cercò di calmarsi e di rimanere lucido: quella era davvero la sua occasione. Poteva essere anche lui come tutti, poteva trovarsi una moglie, avere dei figli. Grazie alla solida posizione del suocero, non sarebbe stato costretto a scrivere per guadagnarsi da vivere. Si sarebbero sistemati a Copenaghen, ma spesso sarebbero andati nella casa gialla di Faaborg, per ritemprarsi, ritrovarsi, lontano dalla vita frivola e congestionata della capitale. Sarebbero stati, qualche volta, a Odense.

Fantasticò di quella vita apparentemente perfetta, che avrebbe reso felici i Collin e gli altri amici di Copenaghen. E sua madre.

Già, sua madre.

Sarebbe venuta, al matrimonio? Certamente no, non poteva presentarla in società. A Riborg aveva detto solo che viveva a Odense, non che era ricoverata in un ospedale psichiatrico, che era alcolizzata, una mezza pazza. Ma che razza di uomo sono, si chiedeva, come ho potuto mentire su mia madre?

Si sedette.

Era confuso, doveva calmarsi.

Chiuse gli occhi, si sforzò di respirare lentamente.

Voleva davvero sposare Riborg?
Non era più sicuro nemmeno di quello.
Ma il respiro, sì, adesso andava bene. Era normale.
I pensieri, pian piano, divennero vaghi, nebbiosi.
Si addormentò.
Christian e Riborg lo attesero forse un'ora, ma lui non arrivò mai all'appuntamento.

Per consolarlo, Collin decise di fargli un regalo. Conoscendo il suo desiderio di viaggiare, gli comprò un biglietto a bordo del *Principessa Guglielmina*, diretto in Germania.

Il ragazzo aveva bisogno di cambiare aria.

Andersen era in preda a un misto di eccitazione e spavento. Era ossessionato dall'idea che potesse capitargli qualcosa. Negli stivali aveva nascosto dei soldi e un coltello. Una volta partito, l'aria tersa che respirava sulla tolda del piroscafo gli restituì la pace.

La sera, scoprì che avrebbe dovuto condividere una brandina con altri due passeggeri, testa contro piedi. I due lo misero in mezzo e si addormentarono.

Nel dormiveglia cominciò a fantasticare. Vide qualcosa davanti a sé. Era una figura sottile, esile, una ballerina di carta. Si rese conto di averla già vista in camera di Edvard, la prima volta che ci era entrato.

Presto, però, la ballerina si trasformò.

Era diventata Riborg.

Era vestita come la sera della festa di Faaborg, ma era in camera, da sola, all'Hotel Royal. Anzi no, era un luogo diverso, pieno di oggetti: senz'altro la stanza di Edvard, ancora. Riborg canticchiava, una di quelle nenie dei matti di Graabrøde, e aveva cominciato a spogliarsi. Si era sciolta i capelli, che le erano scesi sulle spalle. Aveva l'espressione felice. Ecco che si sbottonava il camicione, svelando lentamente prima il seno, poi il sesso, le gambe. Sembrava non essersi accorta di lui, era come se non lo vedesse, anche se si era voltata nella sua direzione, e adesso avanzava con naturalezza, quasi dovesse coricarsi nello stesso letto. Sentì un profumo intenso, troppo dolce, che lo disturbò e vide che Riborg cominciava a toccarsi. Si sfiorava i capezzoli e poi scendeva, con le dita, in mezzo alle gambe. Si accarezzava. Andersen si eccitò, sentì la propria erezione, e si spaventò che gli altri, nel letto, potessero percepirla. Allungò la mano e la appoggiò come per coprirsi, senza muoversi.

Riborg, però, si stava trasformando davanti a lui.

I capelli, ora, erano più corti e più chiari, e le labbra si erano fatte carnose. Aveva un volto maschile, più affilato. Era Edvard. Solo il volto, però. Il corpo no, era rimasto quello di Riborg, Edvard aveva il seno, e tutto il resto, e quella creatura, fatta di Riborg ed Edvard insieme, si era infilata un dito nel sesso. Andersen era meravigliato ma sempre più eccitato, mentre quell'essere, pian piano, si trasformava tutto in Edvard, il petto magro, muscoloso, e il suo sesso: Edvard lo muoveva con le mani proprio davanti a lui, a pochi centimetri dalla sua faccia.

Andersen si alzò, sudato, e uscì sulla tolda della nave.

Desiderava un uomo.

Desiderava quel ragazzo dagli occhi chiari.

L'indomani il tempo era magnifico; c'era una lenta brezza marina, e non si vedevano onde nel Baltico.

Non pensava più a Riborg, aveva sempre Edvard in testa. Immaginava di affacciarsi insieme dal parapetto della nave, di rimanere in silenzio vicini.

Doveva scrivergli.

Senza dubbio era il momento di chiedergli una maggiore intimità, del tempo solo per loro, la promessa di un rapporto speciale. Doveva essere diretto, senza giri di parole. Quantomeno, doveva chiedergli di dargli del tu. Non aveva mai avuto il coraggio di farlo, ma desiderava quella confidenza più di ogni altra cosa al mondo. “Tra tutti, siete quello che considero il mio vero amico in tutto e per tutto,” scrisse. Aggiunse che lo voleva “amare come tale”, fino in fondo allo spirito, “solo voi siete quello a cui posso sentirmi davvero legato”. Gli sembrava chiaro, fin lì, quel che voleva dire. “Ho anche un’altra richiesta, forse riderete, ma se mi accontenterete, se mi darete la prova della vostra stima – qualora la meriti –, allora – non dovete arrabbiarvi! – Datemi del tu! Non potrò mai chiedervelo a voce, deve essere fatto ora, mentre sono via”.

Vide quella frase ed ebbe la tentazione di cancellare, di riscrivere, ma riuscì a trattenersi.

Arrivato in Germania, si fermò a Travemünde. Tutto era verde, tranne due campi gialli di girasoli. La nave imboccò lo stretto canale che li avrebbe portati ad Amburgo e presto cominciò a salire la nebbia; l’attracco fu completato tardi, nel cuore della notte. Andersen era esausto; si rifugiò in una locanda, gli fu data una stanza piena di panni bagnati messi ad asciugare vicino a una stufa.

L’indomani prese la lettera, la rilesse l’ultima volta e la fece spedire.

Ad Amburgo vide il porto, l’Elba, e poi andò ospite da conoscenti. Nel pomeriggio cercò al cimitero la tomba di un poeta di nome Friedrich Gottlieb Klopstock, che amava molto. Quando l’ebbe trovata riuscì a strisciare sotto la recinzione e arrivò al monumento, dove incise il nome suo e quello di Riborg, perché quell’amore era finito.

Pensava alla risposta di Edvard. Alternava speranza e disincanto, temendo di venire ferito. Ogni tanto, però, si distraeva e proseguiva con gioia il suo giro; sentì di essere un vero viaggiatore, nello spirito, e che avrebbe dovuto assecondare quell’istinto per tutta la vita.

Dopo trentatré ore di diligenza arrivò alle pendici del Monte Harz, di gran moda perché era il luogo dove Goethe aveva immaginato che Mefistofele portasse Faust a vedere le streghe. Sulla vetta del Brocken trovò centinaia di escursionisti, che facevano un gran chiasso; inizialmente si infastidì, ma la sera si unì volentieri a un sabba improvvisato.

Al mattino si svegliò tra i primi, e, in mezzo a quel panorama, a quella natura così selvaggia, pensò che il suo sentimento per Edvard somigliava a quelle piante, a quei tramonti, ed era cresciuto come certi arbusti a cui non si bada e che diventano tuttavia forti e possenti.

Non trovò alcuna lettera quando fu a Braunschweig, e così mandò a Edvard altre due missive. Raccontò i dettagli del viaggio e in chiusura aggiunse: "Fatemi sapere se vi siete arrabbiato per la mia supplica infantile".

Proseguì verso ovest.

Dal finestrino della carrozza osservò decine di donne che vendevano burro lungo la strada, fuori dalle fattorie. Fece una breve tappa a Eisleben, per vedere la casa natale di Lutero, e poi a Lipsia, dove trovò per caso Lotte, la figlia del poeta Oehlenschläger con la quale aveva fatto amicizia a Copenaghen. Si tennero compagnia, ma Lotte non gli piaceva e lui non piaceva a lei.

Aveva organizzato molti incontri nei caffè, e conosciuto un editore di nome Brøckhaus che gli promise di tradurre in tedesco le sue opere. Finì poi a Meissen per le porcellane, e a Dresda per visitare la pinacoteca. Era in restauro, ma un pittore norvegese di nome Dahl riuscì a farlo entrare di nascosto e così poté incantarsi davanti a Raffaello e a Correggio; ai colori, ai sentimenti, alla dolcezza. Raffaello, soprattutto, lo colpì per la perfezione e la pienezza; si commosse a pensare che si potesse vivere così, nel modo giusto.

Più di tutto, in città lo stupirono le celebrazioni per la festa del Corpus Domini e un coro di castrati che portavano una tunica bianca sopra una veste rossa. Cantavano come fanciulle, ma si sentiva che non lo erano. Andersen ricordò la sua voce di bambino, che tanto somigliava a quelle. Pensò che è strana, la differenza tra bambini e adulti, tra maschi e femmine, e che ogni tanto non è così netta. Pensò a quanto è sottile, sentirsi qualcuno, dentro la prepotenza dei corpi.

Alla locanda non c'era posta per lui.

Si agitò, temette che fosse successo qualcosa. Mandò un'altra lettera a Copenaghen: "Non siete malato, vero?".

Roso dall'angoscia, anticipò la partenza per Berlino, dove finalmente trovò la missiva che Edvard gli aveva subito mandato.

Fu deluso.

Edvard non pareva contrariato né distante. Ancor peggio, lo respingeva senza trasporto. Si raccomandava che cercasse in Germania "soggetti per il teatro" e precisava che poteva sempre contare su di lui "dal punto di vista economico". Aggiungeva però che non gli avrebbe mai dato del tu, perché lo riservava solo a pochissime persone, conosciute perlopiù da bambino, e che una volta che aveva dato del tu a un giovane con cui si era fatto una "bevuta di birra" poi se n'era pentito.

La regina

Ormai li conosceva bene, quei cucchiai d'argento.

Ogni martedì sera, dai Collin il pasto cominciava con una zuppa. Era sempre diversa; di cavolo nero, di cipolla, di carne di maiale o di cervo. I camerieri la servivano in piatti di ceramica bianca con il bordo azzurro, francesi e senza vezzi. Si apparecchiava sempre con quel servizio e uno dei cucchiai era ammaccato.

Aveva un bozzo in fondo al manico, laddove era giuntato alla paletta ovale. Non si vedeva nemmeno, ci si faceva caso solo quando si portava il cucchiaio alla bocca.

Quando era ospite da loro, Andersen controllava sempre il cucchiaio. A volte gli capitava quello ammaccato; quando lo portava alla bocca ci passava sopra la lingua più volte, finché non sentiva un sapore d'argento. Oppure scrutava gli altri, le facce che facevano, per indovinare a chi fosse capitato il cucchiaio diverso.

Si meravigliava, più di tutto, che continuassero a usarlo. Un cucchiaio così, in fondo era un'imperfezione, in una famiglia che apparentemente non ne aveva.

Ecco perché lui gli era così affezionato.

Aveva cenato dai Collin centinaia di volte.

Di quella casa conosceva l'odore, lo scricchiolio del pavimento di legno, il tamburo della pioggia contro i vetri. A occhi chiusi poteva risentire i passi lungo le scale che lo portavano in camera di Edvard. Poteva ripetere a memoria le frasi di Collin, "bisogna tener conto anche di un solo tallero", e spesso le anticipava. Di ciascun famigliare imitava il modo di ridere, tossire, sbadigliare, ammirava la passione per la scienza di Gottlieb e quella di Theodor per la letteratura; ormai trovava piacevole anche il modo in cui Ingeborg stonava Strauss.

Anche i Collin lo conoscevano bene.

Avevano i loro riti comuni. Se Ingeborg gli diceva che metteva troppo sale nella zuppa, Gottlieb gli passava apposta la saliera. Theodor magari gli domandava una storia.

"Una fiaba della buonanotte?"

"No, una di paura. Per restare sveglio."

I Collin prendevano in giro la sua lentezza nel mangiare, la lunghezza nel parlare, i capelli spettinati. Gottlieb ne imitava la voce, esagerandone l'acutezza, e durante la cena si alzava in piedi annunciando: "Sono certo che vorrete ascoltare una mia poesia".

In quegli anni erano cresciuti insieme, e tutti erano, in un certo senso, identici e trasformati.

Quella che più faticava a riconoscere era Louise, che stava per compiere diciotto anni: le era sbocciato addosso un fascino magnetico. Aveva la magrezza dei Collin ed era come tutti loro autorevole, rimanendo però ben più spontanea, spiritosa: la sua leggerezza la rendeva irresistibile. Anche se sua madre le lanciava occhiatacce, si presentava a cena con il rossetto e le piaceva indossare una vistosa collana di corallo. Aveva le orecchie a sventola, ma quando raccoglieva i capelli le lasciava scoperte perché si vedessero. Sapeva di piacere, e travestiva la malizia di ingenuità.

"Posso sedermi qui?" chiedeva magari ad Andersen, che le faceva complimenti e amava chiacchierare con lei.

"Vi trovo in splendida forma."

"Sono stravolta dalla giornata, invece."

Erano per lei quelle frasi, ma anche per Edvard. Voleva farlo ingelosire, benché gli sembrasse, come sempre, inespugnabile.

Dopo cena c'era sempre qualcuno con cui conversare e Andersen adorava fermarsi fino a tarda notte. Spesso si prendevano le carte e quell'inverno era di moda un gioco spagnolo che si chiamava Ombre. Erano in quattro: Collin, Edvard, Andersen e Louise, che era imbattibile perché aveva una memoria eccellente per le carte e amava il rischio. Vinceva quasi sempre e durante la partita era uno spettacolo, perché si agitava, come se avesse in corpo pepe e tabacco, faceva commenti, cercava di sbirciare le carte degli altri. Collin non la riprendeva: aveva un debole per lei.

Le partite si disputavano sul grande tavolo, quello dove si cenava e si faceva lezione. Ma erano tutti e quattro stretti, vicini.

Al gioco, Andersen non era granché. Gli mancava la concentrazione, la strategia, ma aveva un ruolo preciso: sdrammatizzava la foga eccessiva dei due fratelli, ferocemente in competizione: "Edvard lo strangolerete dopo, Louise. Adesso fateci finire la partita".

Adorava avere Edvard vicino.

All'improvviso, infatti, Edvard lo fissava, non si vergognava di avvicinarsi a lui, di sussurrargli qualcosa all'orecchio. Forse voleva carpirgli qualche segreto, vedere quali carte avesse in mano, ma in realtà Andersen intuiva in lui, finalmente, un po' di frivolezza. E così, anche se le risposte alle lettere erano state gelide, Andersen sentiva che Edvard, in un modo misterioso, era con lui.

Perché, allora, si comportava così?

Non c'è acqua trasparente che non abbia profondità oscure, pensava Andersen, mentre a Edvard scappava un mezzo sorriso per aver strappato una mano alla sorella.

Ancora, sognava di accarezzargli i capelli, di scostargli il ciuffo dalla fronte.

Continuava a pubblicare, soprattutto poesie. Una delle sue commedie, *La nave*, era stata rappresentata per cinque sere al Teatro Reale, inoltre aveva scritto il testo per un balletto. Stava lavorando a un'autobiografia, un punto della situazione della sua vita forse troppo prematuro. Aveva già conquistato un suo pubblico, e ogni tanto il giornale scriveva un articolo su di lui; le critiche lo ferivano, ma quando non ne riceveva gli sembrava che nessuno considerasse il suo lavoro.

La gente, per strada, lo riconosceva.

Non era però solo per la sua fama di artista, ma anche per il suo modo di fare, di vestire; era uno dei personaggi più noti e discussi di Copenaghen. Tutti i giorni faceva lunghe passeggiate a piedi, perché ancora non poteva permettersi una carrozza, e lo si incontrava spesso dalle parti della Torre Rotonda, o fuori dalle vetrine di Petersborg con pochi talleri in tasca e la speranza di farsi far credito. Lo si vedeva arrivare da molto lontano, alto, con abiti dai colori sgargianti, spesso troppo stretti o troppo larghi.

Era spiritoso ma spesso invadente, perché parlava con tutti, e a tutti chiedeva se volessero ascoltare una poesia, o una canzone. Sognava di essere come gli altri ma poi si compiaceva della propria stravaganza, e quando si accorgeva di aver attirato l'attenzione ne voleva ancora di più. Si scompigliava i capelli, indossava abiti di velluto in piena estate e cappelli sempre più grandi.

I più lo guardavano con curiosità, per la chiacchiera spigliata e le affermazioni spiazzanti. Alcuni però lo sfuggivano, come fosse una creatura troppo strana, come avesse qualcosa di inquietante, di malefico. Quel che più gli spiaceva era che i bambini, spesso, lo evitavano. "Perché mi guardate così?" chiese un giorno a due gemelli che si erano bloccati, tenendosi per mano, mentre andava verso di loro. Parevano terrorizzati: "La mamma ci ha detto di non parlare con voi," rispose uno dei due appena trovò un po' di coraggio.

Allora tornò a casa furibondo. Si specchiò, si trovò invecchiato, orribile, e pensò che i bambini avevano ragione a evitarlo: era un essere spaventoso. Poi però si disse che no, non era vero, le immagini non sono la realtà, ma solo una parte, l'aspetto di una persona non dice nulla di quel che è realmente; allora aveva preso lo specchio e l'aveva scagliato a terra, rompendolo in mille pezzi.

Quando stava bene, quando non lo tormentava il mal di denti o lo stomaco, usciva ogni sera.

I rampolli delle famiglie più in vista facevano a gara a chi organizzava il ricevimento più divertente, più sfarzoso, con la migliore orchestra e lo champagne più costoso, e chi non invitava Andersen passava ormai per bigotto, per noioso. Le sue performance erano sempre all'altezza della festa di Ida Wulff. Per attirare l'attenzione si distendeva magari sul pavimento in mezzo agli invitati, per fare ginnastica, o cominciava dei vocalizzi tra un ballabile e l'altro. Parlava spesso con un tono di voce acutissimo, femminile, curioso delle reazioni che poteva suscitare. "Che camicia in-can-te-vo-le!" diceva per abbordare uno sconosciuto. Le donne di solito lo trovavano irresistibile, mentre gli uomini ne erano infastiditi. A chi gli lanciava occhiatacce, replicava spiritoso: "Non occorre che mi guardiate così solo perché vi piaccio".

Si sentiva vivo, felice di essere guardato, di provocare. Scriveva sul diario: "La sensualità è una scossa che ti formicola lungo i nervi non appena rilasci una goccia di vitalità".

Ogni tanto, però, nel bel mezzo di un ballo si sentiva perduto, allora tornava a casa o semplicemente sgusciava fuori, su un terrazzo o per strada, e si metteva a pregare.

So che non tornerò mai più sott'acqua e per questo sono passata per l'ultima volta davanti al castello.

Ormai era notte alta, tutte le luci erano spente e io non avevo voglia di svegliare i miei genitori, di salutarli, di spiegare perché ho deciso di andare via.

È troppo complicato.

Sono risalita verso la superficie e lì ho visto che stava arrivando l'alba, non avevo più tempo. Dovevo decidere. Potevo ancora tornare indietro, e ci ho pensato, perché fa paura abbandonare tutto quello che si ha, che si è, e ho provato a parlare, e ho sentito la mia voce, e mi sembrava impossibile non averla più, ma poi ho pensato al principe, allora ho preso coraggio e ho bevuto. Era un liquido rovente, che mi si è diffuso in tutto il corpo, e subito ho sentito un dolore come se fossi stata trafitta da una spada. Poi sono svenuta, non ricordo più niente.

Mi sono svegliata sulla spiaggia.

Il principe era lì, davanti a me.

Mi fissava con i suoi occhi neri, magnifici.

Io ero felice, terrorizzata.

Non avevo più la coda, ma due gambe, e ho provato a muoverle, ma mi facevano male. E poi ero nuda, e in mezzo alle mie gambe nuove ero una donna, come tutte le altre, allora ho cercato di coprirmi con i capelli.

"Chi sei?" mi ha chiesto.

Io gli ho sorriso, ho spalancato la bocca, ma mi sono accorta che non ne usciva più alcun suono. Allora ho avuto paura.

Notò che Collin era invecchiato. Manteneva la sua aria austera, vagamente eterna, ma la fronte pareva più ampia, il colorito più spento, e le labbra più sottili. Andava ormai verso i sessant'anni.

"Come state, Andersen?"

"Ottimamente, mio caro benefattore," gli rispose, anche se non era vero; si sentiva come una tazza di siero allungata con acqua, senza un vero gusto. "E voi?"

"Volevo parlarvi di Edvard," disse Collin, alzandosi in piedi e misurando la stanza a lunghi passi. Andersen non gliel'aveva mai visto fare, perché di solito stava seduto, impassibile, come se nulla potesse turbarlo. Allora si fece curioso, anche perché raramente Collin gli aveva parlato del figlio in sua assenza.

Edvard non era mai un vero argomento.

Edvard non era mai un vero problema.

"Voi lo conoscete meglio di chiunque altro," proseguì.

"Così credo," rispose Andersen, lusingato.

"E dunque sapete tutto di lui, della sua anima?"

"Lo vedo trasparente come fosse di vetro."

"Penso che abbia un segreto," aggiunse Collin. "E penso che voi ne siate al corrente."

"Non vi capisco."

"È innamorato."

Andersen si fece paonazzo.

Collin guardava nel vuoto e sembrava non sapere come proseguire quella conversazione, sicché lui non capiva dove volesse andare a parare.

"Non fate finta di nulla. Voi ne siete al corrente," proseguì Collin. "E mi meraviglia molto che non me ne abbiate mai parlato."

Andersen continuava a non capire. Lo attraversò il pensiero assurdo che stesse parlando di loro. Di lui e di Edvard.

"Da mio figlio mi sarei aspettato che me lo dicesse subito," riprese Collin. "Ma anche da voi."

"E cosa gli avreste detto?" chiese lui, ancora perplesso. No, non poteva parlare di loro.

"Quello che sto dicendo a voi. Che avrebbe dovuto confidarsi con me."

Andersen trasalì. E se invece Edvard avesse davvero lasciato intendere qualcosa al padre, qualcosa sul loro conto, e adesso Collin stesse cercando di capire?

"E voi... voi non vi sareste opposto?"

Collin si fece pensieroso, si accarezzò il mento e poi disse: "Non ne vedrei il motivo".

"No?"

"No."

"E me lo dite così?"

"Come dovrei dirvelo? Voi avete forse qualcosa in contrario?"

"Perché dovrei?"

"Non lo so. Forse la conoscete meglio di me."

"Chi?"

"Henriette Thyberg. Siete molto legato alla sorella. Cosa ne pensate? È la ragazza giusta per Edvard?"

Andersen rimase in silenzio. Non era lui, dunque, il motivo per cui Collin l'aveva convocato, ma la sorella di Mimi. Era ovvio, avrebbe dovuto capirlo prima: non poteva che essere così. Trattenendo l'emozione, si sforzò di riprendere la conversazione.

"Edvard non me ne parla certo."

"Non ci credo."

"Forse nasconde altri sentimenti, per qualcun altro."

Collin si fece curioso: "Andersen, ho l'impressione che ci sia qualcosa che volete dirmi e che non mi dite".

"No. Semplicemente non lo so."

Gliel'avevano scritto le infermiere, che ormai non c'era più nulla da fare, era questione di settimane, al massimo mesi, e allora si era precipitato a Odense con la prima diligenza e dalla Cattedrale era corso fino al Graabrøde. Era entrato nella camerata e l'aveva trovata lì, nell'ultimo letto, verso il buio. Si era meravigliato perché era di ottimo umore, in forze. Adesso che non c'erano più speranze di guarigione, qualcuno le dava finalmente da bere di nascosto, e questo la rinvigoriva.

Sua madre non vedeva l'ora di incontrarlo, aveva molte cose da dirgli, soprattutto una. "È venuto in visita il principe Cristiano," esclamò subito, balbettando per l'emozione, "e ha chiesto di me. Maledette le infermiere che non mi hanno neanche dato il tempo di pettinarmi, di cambiarmi d'abito. Ha detto che ha letto i tuoi racconti, che sapeva chi sei, che sei bravo, che tieni alto il nome della Danimarca," concluse con gli occhi pieni di orgoglio.

Andersen non lo sapeva e ne fu meravigliato. Ma disse soltanto: "E pensare che io mi sento un buono a nulla".

"No, non lo sei mai stato. Io, magari."

"Ma cosa dici?"

"Non sono stata una buona madre."

"Non devi nemmeno pensarlo," si affrettò a rassicurarla lui.

Andava lì tutti i giorni. Pregavano insieme, in modo meccanico, e nel ritmo di quelle parole trovavano qualcosa di domestico. Lei si addormentava poco dopo aver cenato, lui tornava dagli Høegh-Guldberg, che lo ospitavano.

Ma non riusciva a prender sonno e si dedicava alla stesura della sua autobiografia. Andava di corsa, come se la malattia di sua madre gli mettesse fretta e, insieme, gli rendesse chiara tutta la sua vita, tutte le cose che gli erano successe. Sapeva di mentire, però; si accorse di non poter dire la verità fino in fondo.

Non poteva raccontare davvero di Niels, di Schenk.

Non poteva raccontare di Edvard.

Un giorno sua madre gli disse che aveva gli stessi occhi di suo padre, la stessa luce, e lui si commosse. Di Hans Andersen gli aveva sempre raccontato poco, preferendo giustificarsi per gli anni passati con Niels, quella volta invece gli raccontò nel dettaglio come si fossero conosciuti, e di come l'avessero concepito sulla riva del torrente Rosen. Andersen si intenerì. Per la prima volta, parlarono della loro famiglia senza dolore.

Davanti a quel corpo così deperito, l'idea che ci fosse una vita dopo la morte gli sembrava, al contempo, impossibile ed evidente.

"Una settimana insieme in campagna spesso produce un'intimità maggiore di quella che si crea frequentando una grande compagnia lungo un intero inverno in città," scrisse prima di lasciare la sua stanza rossa, al primo piano della villa, per raggiungere gli altri per la colazione.

Si trovava dai Bang da una settimana. Anche loro, come i Collin, avevano una casa nella zona di Nørager e all'inizio si era sentito perduto. Non era solo la malinconia per la salute di sua madre, il senso di colpa per essere andato in cerca di svaghi mentre lei moriva; a tormentarlo era soprattutto il fantasma di Edvard, che non vedeva mai e a cui pensava sempre.

Appena sceso dalla carrozza aveva sentito il profumo del lago, l'aria fresca ma umida, diversa da quella di Copenaghen, ed era stato travolto dai ricordi: i sentieri nei boschi, il modo in cui il sole sorgeva dall'acqua al mattino, e poi il suono degli organetti e le altalene sugli alberi gli facevano tornare in mente Edvard.

Una sera la nostalgia era stata così forte che si era avviato a piedi verso la villa dei Collin. Ci aveva messo un'ora ad arrivarci, ma poi aveva trovato l'edificio. Era grande, buio, il cancello chiuso. Si domandò dove fosse Edvard, se fosse felice.

Rientrando, però, si era sentito di colpo leggero: era stupido struggersi così, doveva invece provare a divertirsi; e in un modo o nell'altro ci era riuscito, anche perché giorno dopo giorno aveva preso confidenza con la compagnia.

I signori Bang avevano due figlie, Ida ed Emma, che avevano supplicato Mimi Thyberg di trascorrere insieme a loro le vacanze. Mimi era affezionata a entrambe, ma le trovava troppo ingenue. Per rallegrare l'atmosfera aveva suggerito di invitare Andersen e Ludvig Müller, un ragazzo efebico che Andersen conosceva poco.

Mimi aveva avuto un'ottima intuizione. Con quei due ragazzi – uno più estroso, l'altro più delicato –, la casa era diventata allegra. I cinque giovani avevano subito legato. Andavano a passeggio o a nuotare, perché Andersen insisteva, e qualche volta attraversava il lago, da sponda a sponda, mentre gli altri si accontentavano di poche bracciate.

Tornati a casa con i capelli bagnati, si rilassavano sui divani rossi del salotto. Mimi organizzava le serate. Se stavano in casa, Andersen e Ludvig pretendevano di essere esperti di stoffe e di abiti alla moda e uno dei giochi preferiti era far sfilare le ragazze. Finivano anche loro, però, per indossare qualcosa, spesso i vestiti rubati ai figli del fattore.

Cenavano sempre nel cortile, dove avevano fatto trasportare un prezioso tavolo del Seicento francese in un boschetto di tiglio dall'aspetto rassegnato; i rami erano curvati ad arco, e davano ombra a ogni ora del giorno.

Nel giardino si aggiravano decine di pavoni.

"Fanno la ruota solo a voi, Andersen," diceva Emma.

"Avranno letto i miei libri."

"Stasera comincia la festa della mietitura," disse un giorno Ida Bang, invitando gli altri a sbrigarsi. Presero la carrozza in direzione del lago; sulle rive c'erano centinaia di persone, signori di città fasciati in abiti scomodi, ricche dame desiderose di inzaccherarsi che si mischiavano a contadini, operai e commercianti, ragazze e bambini dagli occhi chiari. Per la strada scorsero una frotta di calessi sgangherati trainati da vecchi ronzini o muli. C'era anche una fiera dove si vendevano animali, pappagalli, tori e cani di ogni razza – levrieri, segugi, bassotti e carlini. Dappertutto si accendevano fuochi e l'odore del fumo restava sulla pelle. C'era chiasso e musica; un'orchestra suonava *La Preciosa*.

"Fermiamoci qui," disse Mimi, tirando fuori un drappo giallo e distendendolo per terra. Si sdraiarono, e il sole spense la loro conversazione.

"Siete pigro, voi?" chiese Ludvig ad Andersen.

"Non ho molte altre virtù."

Ludvig si coricò su un fianco e si mise a riposare, fiaccato dal calore. Nel sonno si avvicinò inavvertitamente ad Andersen, con il volto che gli sfiorava una gamba, gli respirava addosso, e Andersen sentì un desiderio di accarezzarlo che lo meravigliò, perché fino ad allora l'aveva provato solo per Edvard. Lo trovò bello, più bello di quanto ricordava.

Quando tornarono a casa a prepararsi per la festa, Andersen si sentì inquieto, sicché riempì la vasca di acqua gelida e si masturbò. "Sono agitato. +."

La festa si teneva nel cortile di una villa poco distante, di proprietà di un commerciante dello Jutland. Lungo i muri erano state disposte delle panche, ricavate da assi di legno appoggiate sopra dei ciocchi, e sui tavoli c'erano decine di botti di birra, fette di pane con pezzi di carne. I maschi erano seduti da una parte, le femmine dall'altra, e si osservavano, con pudore o malizia, desiderio e frivolezza. Andersen e Ludvig si misero vicini e cominciarono a osservare. I primi erano schizzati dall'altra parte a chiedere alle ragazze, rozzamente: "Perché te ne stai seduta?". Vicino a Emma si presentò un marcantonio, l'uomo più alto che avessero mai visto, timidissimo.

"Secondo me, è l'uomo della sua vita," disse Andersen.

"Sono d'accordo."

Avevano puntato le ragazze che volevano, ma si erano attardati, e volentieri avevano saltato il primo giro di ballo. Finché si erano accorti che era divertente stare così, vicini, a chiacchierare, e fare commenti sugli altri, ma anche ammirarli, mentre giocavano e ballavano, e immaginare chi si sarebbe innamorato, e chi si amava già.

Faceva caldo, e ad Andersen la vita parve semplice, all'improvviso.

"Vi prego: non parlatemi mai di soldi," ripeteva Ludvig se Andersen gli proponeva il magro rendiconto delle sue finanze. "Mio caro, voi siete un poeta. Non contano niente, nella vita, i soldi. Conta l'arte, la passione."

Quella di Ludvig erano i musei. Sognava di dirigerne uno, di organizzarlo, di andare in Egitto a comprare tavolette con i geroglifici e poi in Cina per trovare monili e porcellane, o in India a negoziare l'avorio. Era un collezionista, ed era convinto che gli oggetti contenessero l'anima di chi li aveva posseduti: "Adoro le monete antiche," si era lasciato sfuggire una volta.

"Io preferisco quelle moderne," aveva replicato Andersen.

Ludvig non aveva la rudezza, la distanza, di Edvard. Era sempre lì, senza fretta di allontanarsi né bisogno di mettere barriere, e se lo prendeva in giro era bonario, senza una goccia di cattiveria. Con Edvard era sempre una lotta, una competizione. Con Ludvig c'era rilassatezza, parità.

Ludvig stava ad ascoltarlo se Andersen gli parlava di poesie, di letteratura, e si accorgeva che lo faceva in modo diverso dagli altri; non voleva impressionarlo, fare colpo, legarlo a sé. Era interessato alla sua opinione, contento di condividere una cosa che gli piaceva. Non gli parlava di editori, contratti, strategie commerciali; si accontentava di leggere e provare piacere.

La loro intesa era evidente alle ragazze. "Cosa combinate, voi due?" diceva Emma se uno bisbigliava qualcosa all'orecchio dell'altro.

"Mi sa che voi non siete davvero con noi, preferite stare da soli," li stuzzicava Ida.

Una sera che si erano messi a fumare la stessa pipa di tabacco, una boccata a testa, Mimi aveva chiesto: "Quando pensate di sposarvi?".

Andersen si era imbarazzato, ma Ludvig aveva scherzato: "Probabilmente in marzo, ma non credo che vi inviteremo".

Ludvig lasciò per primo la compagnia, il fratello Otto lo aspettava a Kallundborg per proseguire le vacanze estive. Abbracciò Andersen con vigore: "Scrivetemi presto".

Andersen non se lo fece dire due volte.

"Riderete di me, ma mi mancate immensamente!" esordì alla prima riga. Lo aggiornò sulle faccende della casa; Ida aveva preso un brutto raffreddore ed Emma era preoccupata di ammalarsi. Poi riprendeva a corteggiarlo: "Com'era vuota la vostra stanza, ieri sera! Sono entrato e ho guardato il vostro letto, ho passeggiato da solo, sono diventato infelice e non ho dormito quasi per niente".

Chiese a Ida quando sarebbero passati a ritirare la posta e lei gli disse di mettere la busta in un cestino all'ingresso: la governante avrebbe provveduto a smaltire la corrispondenza l'indomani.

Allora Andersen salì nella sua stanza, rilesse quel che aveva scritto, chiuse la busta e la baciò, poi tornò da basso.

Mimi passò poco dopo, vide nel cestino una busta indirizzata a Ludvig e non resistette alla curiosità di capire di che cosa si trattasse.

Le gambe mi fanno male e sanguinano se le muovo, ma non me ne importa. Adesso sono come tutte le altre donne, finalmente posso stargli vicino.

Appena mi ha visto sulla spiaggia, anche se non riuscivo a dirgli niente il principe si è preoccupato per me. Mi ha condotta al castello, mi ha offerto del cibo, ha chiamato le ancelle perché mi accudissero con unguenti e profumi, ha ammirato i miei capelli e poi ha chiamato dei sarti, i più abili del regno, perché mi vestissero con abiti di seta e mussola indiana. Mi ha condotto in carrozza per le strade della città, poi abbiamo fatto una passeggiata lungo la riva del mare; mi è sembrato familiare e improvvisamente, al tempo stesso, lontano. La sera, a palazzo, c'è stato un ricevimento. Il principe e io abbiamo ballato insieme, e non sentivo più alcun dolore.

Tutti mi guardavano, si domandavano chi fossi, da dove venissi... Una ragazza così bella e muta. Il principe, più di tutti, è curioso, premuroso. Vuol sempre starmi vicino, e mi farebbe decine di domande se solo io potessi rispondere. Mi tiene la mano, e quando me la stringe mi sento al sicuro, felice. E poi una volta mi ha detto che somiglio a una misteriosa creatura che gli ha salvato la vita durante un naufragio. Allora impazzisco, cerco di spiegargli che quella misteriosa creatura sono io, ma non ci riesco.

Perché non mi riconosce?

Sarà perché di me ricorda soltanto la voce che l'ha cullato tutta la notte, quella che non ho più?

Vado verso il mare, mi immergo in acqua e provo sollievo. Sento che appartengo ancora, almeno un po', a quel mondo. Dopotutto, sono ancora a metà, sempre unica, diversa da tutti.

Ma poi penso che no, il principe può scacciare la nostalgia del mare, e la paura, penso che potrà amarmi per quel che sono davvero. Perché l'amore è solo questo, l'amore è quando uno va bene così com'è.

"Mi ha risposto!"

Andersen si era precipitato verso il tavolo del giardino dove le ragazze stavano consumando una cena a base di uova e tacchino. Lo avevano atteso per quasi mezz'ora e poi avevano cominciato senza di lui; finalmente capivano le ragioni del ritardo: doveva essersi chiuso in camera a leggere la lettera di Ludvig.

"Gli avevate scritto?" volle sapere Mimi, fingendosi sorpresa.

"Sì, me l'aveva chiesto lui."

"Che tenerezza," intervenne Emma.

Andersen cominciò a leggere: "'Attendo come un bambino di vedervi presto nella rumorosa capitale, dove nutriremo, coltiveremo e gioiremo per il fiore che è germogliato nella libera natura di Dio e che aumenterà in forza e bellezza ogni anno che vivremo e lotteremo su questa meravigliosa terra'".

"Un poco melenso, a dire il vero," fu il commento di Ida.

Andersen rimase concentrato sulle righe che aveva davanti agli occhi, continuava a rileggerle: "'Io sto bene, mi mancate solo voi – ma so come combattere questo dolore e so che anche voi lo farete e potrete farlo'".

"Ricambia i vostri sentimenti," fece Mimi.

"Dite?"

"È inequivocabile."

"Sono d'accordo," le fece eco Emma. "I-ne-qui-vo-ca-bi-le."

“Siete fortunato ad avere un’amicizia così speciale,” proseguì Mimi. “Sono pochi, al giorno d’oggi, quelli capaci di esprimersi senza fraintendimenti.”

“Soprattutto gli uomini. Quanto darei per trovarne uno con un animo trasparente,” sospirò Emma.

Ida invece si fece severa: “Io penso che non dobbiate equivocare. Siete pur sempre due giovanotti. Non pensate che sia un poco... strana, tutta questa intimità?”.

“A me non infastidisce,” disse Mimi.

“Be’, insomma,” fece Ida.

“Alla fine, gli uomini hanno più intimità tra di loro. Cosa volete che ne capiscano delle donne? E francamente mi pare una fortuna che Andersen e Ludvig non siano di quelli che trovano intimità nella caccia o nel tiro a segno, o in simili altre stupidaggini,” insistette Mimi.

Andersen, che nemmeno le stava ascoltando, disse che era felice. Aveva occhi limpidi e radiosi: “Vorrei rispondergli subito”.

“Prendetevi un po’ di tempo,” suggerì Mimi. “O penserà che siete una facile conquista.”

Andersen era commosso, era come se all’improvviso vedesse sciogliersi un gigantesco blocco di ghiaccio. Non erano tutti come Edvard, dunque. Nessuno gli aveva mai scritto in certi termini, palpitando dalla voglia di rivederlo; dunque, esistevano persone con le quali si potevano condividere davvero le emozioni. Che Edvard andasse al diavolo una volta per tutte! “Scusate, non ho fame. Devo rispondergli immediatamente, finché dura l’ispirazione.”

Le tre ragazze si guardarono.

“Ludvig ha forse perso il senno?” disse Ida.

“Secondo me, sì,” fece Emma.

“Tu che ne dici?” chiese Ida a Mimi.

La ragazza fece una faccia seria, poi abbassò lo sguardo. Infine esclamò: “Dico che sono un mostro”. E scoppiò a ridere. Le altre due la guardarono stupite. “Non so come ho fatto a non farmi scoprire. Sono stata io a scrivergli.”

“Ma che dici?”

"Ho intercettato la lettera che aveva scritto Andersen. Ludvig non l'ha mai ricevuta."

"Sei una vipera," disse Ida.

"E cosa c'era scritto?" chiese invece Emma, curiosa.

"Una serie di melensaggini. Alle quali ho dato una risposta perfetta, se Andersen ci è cascato."

"Ma adesso dobbiamo dirglielo," disse Ida.

"No," concluse divertita Mimi.

Nei giorni successivi, Andersen non parlava d'altro che di Ludvig: "Secondo voi posso scrivergli: 'Ho molti difetti, ma grazie a voi potrò correggermi'?".

"Suvvia, Andersen, cosa dite!" lo riprendeva Mimi. "Dovete semmai puntare sui vostri pregi."

"Ma ho soprattutto difetti."

"Non è vero," disse Mimi.

"'Sarò sempre un fratello per voi, nel cuore e nell'animo.'"

"Siete senza speranza," constatò Emma.

"Io penso che dovreste scrivere tutt'altro," lo rimbeccò Ida. "Cose un poco più da uomini, peraltro..."

"'Spero di potervi incontrare presto, meravigliosa creatura.'"

"Molto seduttivo," lo elogiò Mimi.

"Se ricevessi una lettera così, io mi scioglierei," intervenne Emma. "Si vede che siete un poeta."

"A me pare banale," fu il commento lapidario di Ida.

Andersen era allegro, fantasioso. Scriveva di lunghe passeggiate nella brughiera, di corpi che si sfioravano nuotando. Immaginava di dare un appuntamento a Ludvig da Petersborg.

Alla fine scrisse una prima lettera e la lesse alle ragazze, che approvarono. Subito la mise nel cestino per farla spedire, ma a notte alta andò a ritirarla perché non ne era più convinto. Il giorno dopo ne aveva già pronta una nuova, e anche questa fu vagliata da tutte, con correzioni e suggerimenti.

Non arrivava, però, altra corrispondenza, e Andersen si intristì; senza rabbia, camminava per il giardino pensando di non meritare l'amore di nessuno.

La verità era invece un'altra: Mimi stava preparando la risposta, ma faticava, perché era passata dall'ebbrezza dello scherzo alla nebbia dei sensi di colpa.

"Ho bisogno di parlarvi," gli disse allora un giorno trovandolo da solo in giardino, che si struggeva. "Devo farvi una confessione. Sono stata perfida con voi." Andersen capì subito di essere stato vittima di uno scherzo. "Sono stata io, a scrivervi la lettera," ammise vergognosa, e l'altro divenne una furia.

"Maledetta!" le gridò.

"Vi avevo visto così felice, e volevo..."

"Non cercate di giustificarvi! Non avete scuse."

Per qualche giorno, Andersen non le parlò, furibondo. Vide però che Mimi lo riempiva di premure, gli scriveva bigliettini di scuse e andava a bussare alla porta della sua stanza, dove si era rinchiuso per non farsi vedere da nessuno. Finché anche lui si stufò di tenere il broncio, forse la sua reazione era stata esagerata, e un giorno scese a cena con fare disinvolto: "Tanto l'avevo capito che era uno scherzo".

"Lo so, siete il più intelligente di noi," fece Mimi.

"Ma no, è che nessuno può amarmi, me ne rendo conto fin troppo bene."

"Sempre con questa solfa, Andersen..." lo rimproverò bonariamente Emma.

Il clima tornò più ridanciano e le ragazze lo spronarono, comunque, a scrivere a Ludvig.

Allora Andersen prese coraggio e gli mandò un'altra lettera, allegando quella di Mimi, e chiedendogli se lui avrebbe potuto scriverla o no.

Ludvig gli rispose divertito: non doveva preoccuparsi dei suoi sentimenti e sarebbe stato ben felice di rivederlo, a Copenaghen.

Finirono le sue lunghe vacanze e tornò volentieri in città, anche se il desiderio di incontrare Ludvig si faceva, ogni giorno che passava, meno fremente, come una candela accesa dall'estate che andava spegnendosi.

Scoprì, poi, che Ludvig era molto più razionale di lui, e non si agitava all'idea di vederlo come avrebbe invece desiderato. Quel loro modo placido di parlarsi era confortante, sì, ma non eccitante.

Si incontrarono e sempre condividevano il gusto per pinacoteche e biblioteche, poesie e nuotate, e battute salaci. Ogni tanto, capitava che Andersen rimanesse assorto ad ascoltare Ludvig, colpito dal suo eloquio, dal suo fare elegante, e sentisse dentro di sé un desiderio bello, di stringerlo, di farlo tacere con un bacio. Ma poi non faceva nulla.

Una volta incontrarono Edvard per strada.

Andersen non lo vedeva da qualche tempo e gli pareva quasi di averlo dimenticato. Ma appena gli fu davanti sentì il suo corpo agitarsi, sudare, il fiato corto. Era come vedere un leone, avendo vicino un gatto. Percepì l'entità dell'incantesimo che Edvard gli aveva gettato, e sentì di appartenergli, ora e per sempre.

Edvard, però, si comportava in modo strano; parlava frenetico, senza il solito sorriso beffardo. Era agitato, cauto, interessato a come stesse, a che cosa stesse facendo. Andersen capì che si era stupito di vederlo affiatato con Ludvig, aveva intuito un legame tra loro.

Era, per la prima volta, geloso.

Glielo scrisse, anche: "Non vorrete mica sostituirmi nel vostro cuore?".

Andersen esplose di gioia e fece in modo di farsi vedere il più spesso possibile insieme a Ludvig: frequentava i luoghi dove pensava di poter incrociare Edvard, e quasi ogni sera passava davanti alla banca all'ora di chiusura.

“Chissà come mai continuiamo a usare questo cucchiaio.”

Andersen sentì la frase nel mezzo della cena del martedì e gli sembrò impossibile che qualcuno l’avesse pronunciata davvero. La aspettava da anni e a dirla non poteva essere stata che Louise.

La famiglia rimase in silenzio, ciascuno continuava a mangiare la zuppa, senza dare importanza a quell’osservazione.

“Nessuno di voi ha mai notato che c’è un bozzo alla base del manico? È così fastidioso,” protestò Louise con quel suo solito modo di fare che pretendeva l’attenzione di tutti.

“Quante storie, per un cucchiaio,” sbuffò Edvard.

“Smettetela di litigare,” fece Ingeborg.

“Stiamo parlando, non litigando,” volle precisare Louise.

“Lo toglieremo dal servizio,” concluse Collin, e la conversazione finì.

Dopo cena, però, Andersen disse a Louise: “L’ho sempre notato anch’io, il difetto di quel cucchiaio”.

“Ah, davvero? Mi rincuorate. Poco fa mi sono sentita una pazza.”

“Mi sono sempre chiesto perché nessuno dicesse niente.”

“E perché non l’avete fatto voi?”

“Per buona educazione.”

“Su alcune cose siete la persona più disinvolta della terra, per non dire uno sfacciato. Su altre siete stranamente timido.”

“Siamo tutti un po’ così, no?”

Quello scambio gli piacque e lo sorprese. Louise era una donna, ormai, ma aveva ancora la spontaneità che l'aveva contraddistinta sin da bambina. Ed era attenta, con lui, coglieva i suoi sbalzi d'umore, incoraggiava le sue uscite più fantasiose. Un giorno fu lei a dirgli: "Ho scoperto che scrivete spesso a mio padre e a mio fratello".

"Sì."

"E cosa scrivete?"

"Lettere. Di affari, di consigli letterari. Quelle per vostro padre sono molto formali. Quelle per Edvard invece sono diverse, più profonde, intime. Sapete bene che tra di noi c'è quell'amicizia..."

"Non si può certo dire che vi tratti con gentilezza."

Andersen se ne dispiacque, e Louise continuò: "È sempre così aggressivo, mio fratello. Dovrebbe essere un po' più tranquillo".

"A chi lo dite."

"Perché non scrivete anche a me? Le vostre frasi devono essere deliziose come ciliegie."

Andersen non se lo fece ripetere due volte. Lei ne era contenta, perché le lettere erano allegre, colte, divertenti, e anche perché ricevere lo stesso trattamento degli uomini di famiglia la faceva sentire adulta. Costruirono, così, un dialogo privato e quando si incontravano il martedì Louise gli andava incontro prima di tutti con trasporto e complicità. Durante la cena si facevano qualche cenno, riferimenti che capivano soltanto loro due.

"Comunque, a Lotte Oehlenschläger va bene," diceva magari Andersen.

"Benissimo, grazie, siete sempre prezioso," rispondeva Louise.

Lo lusingava che quella fanciulla avesse simpatia per lui e presto si accorse che con lei non fingeva, come in fondo, un po', faceva con tutti gli altri; a Louise era capace di rivelare ogni verità e subito lei gli dava sollievo.

"Mi sento l'uomo più solo al mondo," le confidava.

"Potreste cominciare con un animale da compagnia, o andando a cavallo." Era più buonsenso che saggezza, e non c'era ironia. Louise prendeva sul serio quel che Andersen le diceva, ma con moderazione lo riportava alla normalità: "Alla fine siamo in salute e non moriamo di fame... Mi pare già molto, rispetto a tanti altri".

Andersen allora le fece leggere la sua autobiografia e lei da principio si incuriosì. "Ma sul serio alla fabbrica vi hanno spogliato per vedere se eravate davvero un maschio?"

"Sì."

"Non certo dei signori."

"Per niente."

"Ed è vero che Meisling teneva un maiale in casa?"

"Verissimo."

"Ormai l'avranno mangiato."

Louise cominciò a sapere, di Andersen, cose che nessun altro conosceva, che lui stesso affidava soltanto al suo diario e all'autobiografia che stava finendo di scrivere. Gliela fece leggere, e lei gli chiese: "Siete davvero sicuro di voler pubblicare questo testo?".

"Non lo so."

"Mi pare molto intimo. Non tutte le cose vanno dette a tutti."

"Meglio dirle a tutti che solo a qualcuno."

Cominciò a raccontarle di sua madre, senza risparmiarle nulla; gli odori dell'ospedale, l'alcolismo, la sfiducia.

"Vi fa male, pensare a lei?"

"Molto."

"Non dovete vergognarvene, però. Ha avuto una vita davvero difficile."

"Infatti non me ne vergogno."

"Secondo me sì, invece. Da queste pagine pare di sì."

Una volta Andersen le scrisse una poesia: *Vidi una ragazza, e tutto era spirito e pensiero, il cielo limpido era nei suoi occhi.* Lei rispose che era lusingata ma non capiva molto le poesie, preferiva le storie, la letteratura.

Come già aveva fatto con Riborg, fantasticò di sposarla, per essere finalmente come tutti gli altri; per avere una casa, una moglie, una famiglia. Presto, però, capì che Louise non era attratta da lui e allora provò a sedurla, le disse che portava il sole nella sua vita, che gli toglieva la solitudine.

"Mi sembra un po' eccessivo, Andersen, ma vi ringrazio," rispose lei. Credette di esserne innamorato, ma subito pensò a quante volte si era innamorato nella vita. A quante volte, nel mezzo di una festa, aveva visto un paio di occhi chiari, una bella testa di capelli ricci, o solo aveva ascoltato un'osservazione intelligente e subito si era convinto di aver trovato la persona giusta, senza neanche conoscerla. Capì che era il suo modo di illudersi che finalmente fosse tutto a posto, che fosse finita, la sofferenza di sentirsi soli, di continuare a cercare qualcuno da amare.

O forse no, in chiunque, in fondo, cercava Edvard. Un pezzo di Edvard. Era così evidente, in Louise. Quando vedeva i due fratelli vicini, restava sempre colpito dalla loro somiglianza.

Immaginò di cambiar loro i vestiti, di mettere indosso a Edvard corsetti e sottane, e un velo di rosso sulle labbra; pensò che avrebbe fatto fatica a distinguerli.

Ingeborg era scossa; Collin non l'aveva mai vista così. "Scusate l'intrusione, qui in banca, ma non potevo perdere tempo," gli disse prendendo posto davanti a lui.

"Cosa è successo?"

"Niente. Penso che non sia successo niente. Non per il momento, almeno."

"Spiegatevi meglio, non capisco."

"Ricordate che mi avevate detto di controllare la corrispondenza di Andersen per Louise?"

"Certo."

Ingeborg trasse due lettere dalla borsetta e le mise sul tavolo. "Ho letto anche quella per Edvard. Andersen scrive a tutti e due quasi ogni giorno, e una volta che ho visto la prima..."

"Cosa c'entra adesso la corrispondenza di vostro fratello? Non vi avevo detto di guardare quella..."

"Leggete qui."

"Non mi sembra corretto leggere le lettere di Edvard."

Ingeborg fece un sorriso: "E quelle di Louise?".

"Ma quelle sono più delicate. Non vorrei, insomma, che Andersen... Lo conoscete, devo capire se..."

"Leggete questa per Edvard."

Collin cominciò a scorrere la missiva. Si fermò presto: "Più qualcuno ci diventa caro, meno pensiamo che ricambi il nostro amore: questo è quasi sempre il mio caso con voi". Rilesse più volte, per essere certo di non sbagliarsi, per controllare che le parole fossero proprio quelle. Rimase sbalordito. Aveva sempre pensato che Andersen scrivesse a Edvard di caccia, di lavoro, di finanza. Di libri. Di cose da uomini. Invece, Andersen confessava i propri sentimenti a suo figlio, senza tanti giri di parole. "Ero davvero molto triste alla fine, perché stavo aspettando e vi amo così tanto." Erano parole esplicite, audaci, non potevano esserci dubbi. "E sono tutte di questo tenore, le missive per Edvard?" chiese.

"Penso di sì."

"Cosa risponde lui?"

"Come posso saperlo? Edvard non pare incoraggiarlo, a dire il vero, da come scrive Andersen, ma forse nemmeno lo respinge, se Andersen si permette di rivolgersi a lui con questi toni..."

"State dicendo che... che potrebbe esserci qualcosa... tra di loro...?" Le parole gli morivano in gola perché gli sembrava un'enormità. Possibile che Edvard ricambiasse Andersen? Collin era un uomo saggio, certo, sapeva che tutto può accadere, che alcuni maschi hanno forti legami tra di loro, fino a vivere insieme. Ma in casa sua, nella sua famiglia...

"Non lo so. Certamente sono molto vicini."

"Ma Edvard sembra sempre così irritato da lui."

"Questo non vuol dire che non ne sia attratto."

"E a Louise cosa scrive?"

"Cose simili: 'C'è qualcosa nel mio essere che mi rende così ripugnante, così indegno della vostra amicizia?'."

"Anche con lei è così ardito?"

"Sì."

"A entrambi scrive d'amore?"

"Sì."

"A un maschio e a una femmina."

"A tutti e due."

"I miei figli."

"Mio fratello e mia sorella."

Collin chiese a Ingeborg di lasciarlo solo. Nella vita aveva superato rischi di bancarotta, malattie e lutti, ma mai era stato incerto e rabbioso come in quel momento. “Non voglio più vederlo!” gridava, rammaricandosi di aver dato tanta confidenza ad Andersen. L’aveva accolto come un membro della famiglia, finanziato, ospitato per anni, e lui come tutta ricompensa aveva cercato di sedurre, di traviare, i suoi figli. Con Louise poteva anche accettare un tentativo di seduzione, perché cresceva sempre più intelligente e bella; non a caso aveva chiesto a Ingeborg di controllare che non vi fosse niente di compromettente nella loro corrispondenza. Ma Edvard! Lo faceva impazzire l’idea che suo figlio potesse ricambiare quei sentimenti che gli sembravano così malvagi. Forse era per quello, allora, che Edvard non si decideva a fidanzarsi ufficialmente con Jette?

Doveva parlarne con sua moglie, o forse no, meglio fare tutto da solo, sistemare la questione senza indugio e senza lasciar trapelare nulla. Bisognava cacciare Andersen: quello scrittorucolo senza talento non doveva più azzardarsi a mettere piede a Bredgade. Che giorno era? Lunedì? Ecco, il giorno dopo Andersen non doveva sognarsi di venire a cena. Sarebbe scomparso dalla loro vita, per sempre.

Si portò una mano sul cuore, lo sentì battere così forte che temette di morire di crepacuore. Si tolse le scarpe, si distese sul sofà, fece dei respiri lunghi e profondi per calmarsi. La rabbia gli passò e cominciò la preoccupazione. Edvard, il prediletto, per il quale nutriva i progetti più ambiziosi, e a cui augurava – soprattutto – ogni felicità, era in pericolo, rischiava di rovinarsi: chiacchiere e sospetti avrebbero potuto stroncare la carriera luminosa per la quale si era tanto impegnato. E se fosse stato troppo tardi? Forse quelle subdole richieste di affetto avevano già attecchito in Edvard, senza che lui se ne accorgesse?

Edvard.

Doveva parlargli. Farsi spiegare.

Uscì dal suo ufficio e si diresse verso quello del figlio, che si trovava dalla parte opposta del piano, oltre una scalinata. Arrivò da lui e, senza bussare, aprì la porta.

"Questa cos'è?" gli disse freddamente, gettandogli sulla scrivania la lettera che Ingeborg aveva intercettato.

Edvard capì che si trattava della sua corrispondenza con Andersen e impallidì.

"Spiegatemi," ordinò Collin. "E non mentitemi!"

"E cosa... vi devo... spiegare...?"

"Vi scrive spesso così?"

"No. Quasi mai."

Edvard era stato scoperto e si sentiva in colpa. Si vergognava, per il dubbio che aveva instillato nell'animo di suo padre. Qualche volta, in passato, si era domandato se fosse prudente continuare quel carteggio, ma poi si era convinto che non ci fosse niente di male, che in fondo le sue risposte erano irreprensibili, studiate apposta per evitare fraintendimenti.

"Non mentitemi, vi ho detto!"

"Sì, Andersen mi scrive così, ma io lo respingo. Gli ho scritto che non posso ricambiare quei sentimenti."

Edvard deglutì a fatica e si domandò se fosse vero. Nemmeno lui capiva fino in fondo la sensazione che lo attraversava quando stava vicino ad Andersen. Fastidio, certo, ma insieme anche piacere che ci fosse. Era un maschio, Andersen, e questo era sufficiente per stargli lontano, nemmeno pensare a qualcosa di più di un'amicizia, figurarsi. E poi aveva quel carattere, troppo eccentrico, che finiva sempre per irritarlo. Ma ogni tanto, non poteva negarlo, ne sentiva la mancanza, come di nessun altro.

E se Andersen si allontanava da lui era geloso, come se stesse perdendo qualcosa, un pezzo di sé.

Rimasero in silenzio.

Collin lo guardava.

Cosa sapeva, davvero, di suo figlio?

Amava profondamente Edvard, e non avrebbe potuto essere altrimenti. Poi pensò che era stato lui stesso a far entrare Andersen in casa, addirittura ad autorizzarlo a salire nella camera da letto di Edvard, e finì per sentirsi in colpa: se tanti anni prima non avesse insistito per le lezioni di latino, con tutta probabilità tra quei due non sarebbe successo niente. Eppure, bramava una risposta, una certezza, doveva sapere. "Siete sicuro di quel che mi dite? È vero che non lo amate?"

Edvard cercò di spiegarsi, farfugliò, disse che Andersen era invadente, e forse lui era stato troppo ingenuo, chissà. Ma gli disse anche di stare tranquillo, che a lui di Andersen non importava nulla, e che sarebbe stato all'altezza delle aspettative della famiglia.

"Dunque, sposerete Jette?"

"Certo," gli assicurò Edvard.

"Allora vi fidanzerete?"

"Molto presto."

Collin rimase soddisfatto di quella risposta e cominciò ad acquietarsi. "Allora bisogna cacciare Andersen da casa nostra," concluse gelido.

"No!" Edvard si lasciò sfuggire la preoccupazione di non vederlo più. Provò a dire che Andersen, ormai, era parte della famiglia, ma capì che quell'argomento avrebbe inevitabilmente destato altri sospetti e si bloccò a metà.

"Quel ragazzo mi ha tradito," disse Collin con un tono che Edvard non gli aveva mai sentito.

"Non aveva certo alcuna intenzione di farlo."

"Scrive così anche a Louise."

"Nemmeno Louise ricambia."

"Ne siete sicuro?"

"Sì."

"Bisogna comunque che si allontani da noi."

"Non siate affrettato."

"Smettetela di parlare così, Edvard. Quelle lettere sono abominevoli. E ricordatevi che dovrete darmi prova di potermi fidare nuovamente di voi."

Il giorno dopo lo ospitarono comunque, ma solo perché non potevano cacciarlo da un giorno all'altro senza spiegazioni. Collin aveva paura di un ricatto, che Andersen custodisse una lettera di Edvard che avrebbe potuto rovinarlo per sempre.

Non era, però, soltanto quello.

Durante la notte Collin aveva ripensato ad Andersen, alla prima volta che era entrato in quella casa, alle risate insieme, a quante volte l'aveva risollevato dal fondo della disperazione per dargli fiducia, e forza. Certo, si sentiva ingannato, ma non era del tutto scomparso il senso di protezione per quel ragazzo così complicato.

Elaborò un piano, allora, che gli parve la soluzione migliore per togliersi i pensieri ed evitare la collera. Già al mattino, nel corso del suo appuntamento settimanale con il re, si fece sbloccare dei fondi per mandare Andersen a fare il Grand Tour. Un paio d'anni in giro per l'Europa avrebbero fatto sbollire l'animo troppo ardente di Andersen e consentito di celebrare le nozze di Edvard e Jette.

Collin diede la notizia durante la cena, e Andersen ne fu entusiasta, ma nello sguardo del suo protettore notò una certa freddezza. All'inizio sospettò che ci fosse qualche problema in famiglia, magari di salute, qualcosa di così intimo da non poter essere condiviso con lui. Ma quando si accorse che Louise non gli parlava con la consueta bonomia, e anche Edvard, comprese all'improvviso che Collin aveva intercettato le sue lettere. Si sentì in trappola e non disse niente.

Era il momento di partire.

Non era solo per Edvard e la sua famiglia. Quel viaggio lo incuriosiva, sentiva che gli sarebbe servito. Aveva bisogno di trovare sé stesso, di vedere il mondo, di conoscere altri paesaggi, altri punti di vista. E poi i suoi ultimi lavori non lo convincevano: la critica li aveva stroncati e di certo un cambiamento gli avrebbe giovato, per scrivere in modo diverso, per cercare un'altra maniera di esprimersi.

Il primo di gennaio Louise Collin si fidanzò con Bernt Christoph Wilkens Lind, un magistrato. In primavera, Edvard annunciò il suo fidanzamento con Jette Thyberg.

A fine aprile Andersen salpò da Copenaghen con una nave che si chiamava *Federico VI*, come il re. Al molo c'erano alcuni amici, mentre Edvard e Ludvig pretesero di accompagnarlo a bordo, tenendolo ciascuno per un braccio.

Senza farsi vedere da Andersen, Edvard aveva consegnato al capitano della nave uno scritto da dargli quando fossero stati in mare aperto. Edvard gli scriveva che era triste, che gli sarebbe mancato molto; gli sarebbero mancate le sue visite in camera, le loro chiacchierate, gli dispiaceva che non avrebbe più occupato il suo posto a cena il martedì.

Aggiunse che, d'ora in avanti, avrebbe preferito che gli scrivesse in banca.

La fiammiferaia

Da Copenaghen Andersen arrivò ad Amburgo, e subito dopo a Lubecca. A Hannover lo colpirono gli emigranti che partivano per l'America, soprattutto le donne con i bambini legati sulla schiena. Passò per Kassel, Francoforte, Mainz e arrivò a Parigi che ormai era estate.

Camminava durante il giorno e poi si godeva la vita notturna, rincasando tardi, esausto. Cenava al Tivoli sotto la ruota panoramica, tra lanterne rosse, bianche e blu. Per molte sere di fila trovò fuochi d'artificio e feste, e la gente che ballava nei parchi al chiaro di luna. Andò all'Opéra, si innamorò di Notre-Dame e Saint-Sulpice, lo divertirono le orde di avvocati al Palais de Justice. Notò con piacere, passeggiando nei parchi, che moltissimi francesi leggevano – ma non ne vide nemmeno uno che leggesse un suo libro.

Trovò Parigi eccitante ma anche sporca e buia, e si stupì di quanto fosse lasciva quando una giovanetta che non poteva avere più di quindici anni gli si offrì in pieno giorno, in mezzo agli impiegati eleganti delle banche e delle assicurazioni. Spingendosi verso sud si sentiva sempre più lontano dal suo mondo; quando entrava nelle chiese, persino le immagini sacre gli sembravano ammiccanti.

Conobbe Heine, che era stato il suo idolo. Rese omaggio a Victor Hugo, che aveva più o meno la sua età ma si era già conquistato il successo in tutta Europa per *Notre-Dame de Paris*, e gli chiese un autografo; Hugo non lo riconobbe e mise la sua firma in alto sul foglio bianco, temendo che quello strambo giovanotto dinoccolato volesse scriverci sopra qualcosa per poi rivendere il cimelio a peso d'oro.

Si mise a pensare a un nuovo racconto e riprese una fiaba popolare danese: la giovane Agnete incontra un tritone, se ne innamora e decide di abbandonare la vita sulla terra per il mare. Uno dei fratelli di Agnete, Hemming, un musicista, cerca di impedirglielo perché è innamorato di lei e vorrebbe tenerla sempre con sé.

Mandò quel testo a Edvard, e aggiunse: "Penso che questa separazione da voi abbia trasformato la mia amicizia in amore. La vostra Jette non può, a modo suo, amarvi più di me".

Ripartì da Parigi e continuò a scendere verso sud. Rimase per tre settimane a Le Locle, ospite di un orologiaio. Si svegliava all'alba per vedere le nuvole in mezzo alle Alpi, che si aprivano e chiudevano senza ritmo e sembravano di vetro viola e bianco. Si sentiva ispirato. Non aveva appuntamenti o monumenti da visitare.

Per valicare le Alpi, nel cuore della notte prese una carrozza con la quale arrivò a Domodossola e poi sul Lago Maggiore: non c'erano battelli in partenza e fu costretto a rivolgersi a un barcaiolo.

Arrivò a Milano.

La prima impressione non fu positiva: era troppo scura. Anche lì, come a Parigi, le vie luride, sinistre, e senza l'allegria e la fantasia che aveva invece percepito in Francia. Tornò anzitempo nella locanda in cui aveva preso alloggio e trovò una ragazza tirolese che gli stava rifacendo il letto.

"Come vi chiamate?" gli domandò lei in tedesco.

"Andersen."

"E dormite da solo?"

"Sì."

"Peccato," sospirò la giovane, senza insistere.

Andersen ne sorrise e, al tempo stesso, la giudicò.

Esplorò pian piano la città.

Il Duomo lo impressionò, più grande di Notre-Dame, con

migliaia di statue sulle guglie e centinaia di fedeli genuflessi in preghiera; si unì a loro, anche se non sapeva cosa chiedere. Comprò un paio di stivali nuovi e andò alla Scala per assistere al melodramma *I due sergenti*, ma il suono del violoncello era troppo cupo e la gente si era messa a chiacchierarci sopra, rovinando lo spettacolo.

Ricevette la risposta di Edvard.

Si sedette nella sua stanza, in una poltrona blu, accese la pipa. Aprì la busta desideroso di una carezza che non c'era. Edvard criticava Agnete. "Nel complesso, non credo corrisponda alle mie aspettative: probabilmente, vorrete che vi dica la mia onesta opinione. Ci sono tanti pensieri banali." Più di tutto, però, era irritato: "Hemming conversa con Agnete nello stesso modo, sì, ve lo assicuro, in termini che ho sentito spesso dalla vostra stessa bocca nei miei confronti, quando, probabilmente in uno stato d'animo malato, pensavate che non mi importasse abbastanza di voi".

Era vero.

Andersen l'aveva fatto apposta.

Aveva inserito nel testo alcuni dialoghi avvenuti tra loro a Bredgade. La stessa intensità, gli stessi scontri. L'aveva fatto sperando che Edvard lo notasse, ed era vero che lo aveva immaginato nei panni di Agnete. Sì, aveva pensato a Edvard come a una fanciulla, nel corpo di una fanciulla, e non poteva negare che questo pensiero lo avesse travolto, e poi eccitato. Questo, più di tutto, aveva mandato in collera Edvard. Nella lettera ci teneva a ribadirlo: lui non era una donna.

Andersen chiuse la lettera senza rileggerla. Pensò di strapparla, ma poi la appoggiò sul tavolino e continuò a fumare la sua pipa.

Edvard aveva ragione su Agnete: non era granché.

Era morta, così gli scriveva Collin.

Era arrivato a Roma – metà dicembre, ma faceva caldo – attraverso una campagna vuota, con rari villaggi, monasteri e fonti miracolose di cui si favoleggiava negli antichi miti, cui tutti credevano ancora. Aveva amato le immense rovine, le terme di Caracalla, il Colosseo, tutte le cose che non erano state ricostruite, che erano finite così, per sempre, che gli sembravano troppo grandi per sentirsi inadeguato. La basilica di San Pietro non gli era piaciuta, piena com'era di pellegrini e circondata da banchetti di cianfrusaglie, ma si era emozionato entrando nel Pantheon.

Adesso, però, sua madre era morta. Aveva vissuto più di quanto i medici avessero pronosticato, ma infine era accaduto.

All'improvviso, tutto era cambiato.

Senza accorgersene era finito a Palazzo Doria, dove si trovava la più importante collezione di dipinti di Roma. Il palazzo era freddo, buio e mal illuminato. Aveva qualcosa di polveroso e perduto, e Andersen pensò che anche lui si sentiva così. Gli piacevano le pinacoteche e le visitava in tutte le città in cui andava: trascorreva ore ad ammirare i dipinti, per studiare la tecnica, l'uso della luce e dei colori, per scoprire qualcosa sui loro autori. A volte si sedeva e faceva degli schizzi a matita su un taccuino.

Quel giorno no, aveva fretta, voleva solo attraversare i corridoi, sbirciare velocemente, capire se qualche opera potesse consolarlo, proteggerlo, se qualcuno di quei volti avesse da dirgli qualcosa. O forse desiderava soltanto svagarsi, lasciar scorrere il tempo, far finire il giorno... Tanto il tempo deve passare, per non sentire più male.

Lo travolsero, uno dopo l'altro, una serie di dipinti che gli parvero tutti uguali, ognuno gli ripeteva la stessa identica cosa: la *Pietà* di Carracci, la *Deposizione* di Vasari e quella di Veronese. Lo sorprese che fossero tutti vicini, come un gruppo di fanciulli che gli andasse incontro. In ognuno c'era una donna che piangeva il figlio morto e pensò che per lui, quel giorno, era il contrario. Era morta *lei*. *Lui* era ancora vivo. Ecco, quei dipinti gli stavano finalmente dicendo qualcosa. Doveva soltanto accettare la vita, accettare che lei se ne fosse andata.

Adesso, sì, c'era solo lui. Era libero, in fondo.

Poteva essere finalmente quel che sentiva di essere, poteva scrivere tutto ciò che voleva.

"Dalle parti di via Giulia ce n'è una che mi piace più di tutte, perché ha il culo grosso," disse Thorvaldsen compiaciuto.

"Io apprezzo quelli sodi," intervenne Hertz.

"Dipende," rispose l'altro. "A me le donne troppo magre sembrano ammalate. Mancano di femminilità."

Si trovavano ogni giorno al Caffè Greco, in via dei Condotti. Potevano essere quattro, dieci, o venti, a seconda di chi si univa alla compagnia; tutti erano benvenuti. Andersen andava ogni giorno a vedere se c'era posta, perché aveva il suo recapito presso il caffè, e poi beveva con loro il vino rosso dei Colli, che gli faceva bruciare lo stomaco ma aveva il pregio di costare poco. Perlopiù erano danesi, ma c'erano anche tedeschi e qualche italiano. Spesso si mischiavano agli avventori di altri tavoli, perché al caffè si riunivano le diverse comunità straniere.

Erano tutti artisti.

Thorvaldsen, il rivale di Canova, aveva sessant'anni, testa ricciuta e occhi chiari, e aveva preso in simpatia Andersen; lo ospitava nel suo atelier, gli prestava denaro e l'aveva introdotto nel gruppo degli stranieri che da anni vivevano in città. Hertz era un poeta che aveva criticato spesso i lavori di Andersen, con arguzia e talvolta ferocia; si erano ritrovati, però, a bordo della *Federico VI*, e Andersen non gli portava rancore, convinto com'era di un fondo di verità nelle critiche che riceveva.

Poi c'era Küchler, un pittore che insisteva per ritrarlo, e che Andersen evitava solo per paura che gli chiedesse una cifra spropositata. Anche lui intervenne: "Sto facendo il ritratto a una prostituta. Il lavoro si interrompe spesso...".

"Io frequento una giovanetta che abita a Campo de' Fiori. Non mi chiederebbe niente, sono io che le do qualcosa," disse Hertz.

"Ti chiederebbe qualcosa, se solo tu non le dessi più di quanto lei mai potrebbe sperare!" rise Thorvaldsen.

Quando si parlava di arte o di filosofia, Andersen si trovava a suo agio. Gli altri lo ascoltavano, qualche volta con meraviglia o con divertimento; era ingenuo, ancora, ma aveva energia nel difendere le sue idee. Quando però si virava sulle donne, come capitava ogni giorno, Andersen si zittiva. Non era solo per la scarsa esperienza che cercava di mascherare, ma anche per la grossolanità che sentiva in quegli altri e che lo infastidiva.

"Voi che tipo di donna preferite, Andersen?" chiese Hertz. "Vi piacciono alte, basse, magre, grosse, mulatte, bianche di carnagione? Le italiane, come le trovate?"

"Mi piacciono quelle con qualcosa di particolare."

"Un bel paio di chiappe!" ribadì Thorvaldsen.

"Siete mai andato con una prostituta, qui a Roma?" chiese Hertz.

"Non ancora."

"Ma siete arrivato da più di un mese, ormai."

"È vero."

"E mantenete qualche amante?"

"Qualche donna, sì."

"Diteci un poco."

"Non voglio vantarmi."

"Rispetto a Thorvaldsen, risulterete sempre modesto!" rise Küchler.

Gli altri fecero silenzio, lo guardavano, e Andersen capì di non poter rimanere zitto. Doveva assolutamente inventarsi qualche incontro sulla base di quanto raccontavano gli altri. Ma come fare? Se cercava di immaginare, non vedeva cosce femminili e seni, vedeva – all'improvviso – Edvard, solo Edvard, e lo pensava con rabbia e nostalgia. Avrebbe voluto dire loro tutta la verità, la difficoltà di avvicinarsi a lui, e come Edvard lo traeva a sé e poi lo allontanava. Avrebbe avuto bisogno, in fondo, di un amico che gli desse un consiglio, che lo aiutasse a sfogare la rabbia, a calmare i ricordi. Ma non disse niente, convinto com'era che nessuno di quegli uomini seduti intorno a lui avrebbe compreso il suo sentimento. Infine ammise: "C'è una persona in Danimarca, ci scriviamo".

"Ah, un amore romantico!" esclamò Thorvaldsen. "Bene! Quelli bisogna goderseli. Ma di solito non ci si va a letto spesso."

"E chi è?" chiese Hertz. "La conosco?"

"Sì."

"Ditemi il nome, allora."

"Non sarebbe conveniente."

"Suvvia, non fate tanti misteri."

"È sposata?" chiese Küchler.

"No. Ma è fidanzata."

"Com'è? Provate a descriverla."

"Ha il naso dritto, gli occhi lunghi, i capelli cenere, la carnagione chiara."

"Seno?" chiese Küchler.

"Poco."

"Non sarà Louise Collin?" chiese Hertz.

Andersen sorrise, e gli altri si convinsero che Hertz ci aveva azzeccato.

Natale gli mise tristezza.

Sapeva che non era vero, ma gli sembrava comunque che tutti gli altri fossero felici, in famiglia, mentre lui il giorno di festa lo aveva trascorso spesso da solo. Non era l'unico senza legami della combriccola, ma era quello che più si perdeva a riflettere, a rimuginare. "Di cosa vi lamentate, Andersen? Beato voi che non avete una moglie e dei mocciosi per casa. Trovatevi una donna, senza pensare a Louise," lo esortava qualcuno, e in effetti ci aveva provato; aveva cercato un posto dove divertirsi alla vigilia, un'osteria dove si facesse musica, ma non c'era niente alla portata delle sue tasche.

Poi gli venne una febbre che lo tormentò tutte le notti. Il primo dell'anno si svegliò di soprassalto, sognando di lottare con un pipistrello le cui ali si facevano sempre più grandi contro la sua faccia.

Sentiva caldo, su Roma soffiava un insolito vento di scirocco che gli toglieva il fiato. Più oppressivo ancora sentiva Edvard, il cui pensiero aveva ripreso a torturarlo. "Non lascerò più che mi domini," scrisse nel diario, ma non ci riusciva.

Quando fu guarito decise di distrarsi e di posare per Küchler, divertito dall'idea di un ritratto. Küchler dipingeva tele luminose, armoniche, ma con qualcosa di tormentato, e Andersen pensò che potesse davvero cogliere l'essenza della sua anima. Posava ogni mattina e presto scoprì che Küchler lo vedeva diverso da come credeva di essere. Aveva dipinto un viso sottile, austero, senza sorriso né bontà, ben più autorevole di quanto Andersen pensasse di apparire. Küchler aveva ragione: ormai aveva l'aspetto di un uomo maturo.

Un giorno entrò nell'atelier una giovanetta che non doveva avere più di sedici anni. Era magra, con la carnagione olivastra e un broncio delizioso. L'aveva trascinata lì una madre corpulenta, che la strattonava come una guardia riporta in cella un ladro.

"So che cercate una modella," disse al pittore.

"È vero."

"Vi prego, guardate mia figlia."

Küchler le si avvicinò soddisfatto, studiandone il corpo e soprattutto il viso, le labbra.

"Avete mai visto qualcosa di più bello?" chiese la madre, e senza dubbio quella fanciulla aveva un che di magnetico, un'ingenuità che diventava malizia.

"Cosa ne dite, Andersen?" fece Küchler voltandosi verso di lui.

"È carina," borbottò lui in quel poco di italiano che stava studiando.

"Bisogna che mi mostri il seno, però," fece Küchler.

A quelle parole, la fanciulla si portò d'istinto le braccia al petto. "Avanti, non siate timida," continuò Küchler rivolgendosi direttamente a lei. "Non mi piacciono le ragazze che fanno storie a spogliarsi."

Andersen era imbarazzato, avvertiva con nettezza il disagio. Avrebbe voluto alzarsi e ordinare a Küchler di lasciarla in pace. E invece, sentendosi incapace, non disse niente.

"Non voglio togliermi i vestiti," protestò la giovanetta.

"Smettila con queste baggianate," rincarò la madre, che la guardava con occhi pieni di rabbia, come se conoscesse già la reticenza della figlia a far quel che lei le ordinava.

"Non voglio."

"Ti ho portata fin qui per lavorare," esclamò la donna cominciando ad armeggiare intorno alla camiciola, slacciandola al posto suo.

“Vi prego...” sussurrava la giovanetta, ma la madre alla fine le denudò il busto, lasciando scoperte le braccia magre e un seno bello, tondo.

“Mi pare bene,” disse Küchler. “Voi che ne dite?” chiese poi ad Andersen, che rimase in silenzio.

“Quanto è la paga?” chiese la madre.

“Quanto vorreste?”

“Almeno un soldo al giorno.”

“Mi pare tanto. Non deve fare nulla, in fondo: solo stare ferma davanti a me, come state facendo voi. Non le chiederò di fare altro,” aggiunse sornione.

Nel frattempo Andersen si era fatto giallastro. Aveva sentito salirgli un urto di nausea e gli pareva di svenire. Così, per non cadere aveva afferrato il bracciolo di una poltrona, e rimaneva fermo, ma con lo sguardo perso nel vuoto, pallido in volto.

“Andersen...” fece Küchler quando se ne accorse.

Lui si riprese lentamente, poi fece un respiro e rialzò lo sguardo. Disse solo: “Dev’essere il caldo”.

“Le tette, io credo,” disse Küchler.

Arrivato a Napoli si accorse di rimpiangere Roma, le giornate indolenti, gli amici del Caffè Greco, ma in fondo quella compagnia così numerosa lo aveva stancato. Preferiva stare da solo, adesso, concentrarsi sulla scrittura, ritrovare la fantasia, non incontrare nessuno. Si era rimesso a scrivere, per la prima volta da quando era morta sua madre.

Napoli era più povera di Roma, e affollatissima. Non c'erano enormi rovine spopolate e rilassanti, ma un labirinto di viuzze intrise di odori, brulicanti di gente che intasava botteghe e finestre. Benché fosse ancora inverno, nell'aria si sentiva già la primavera e le donne giravano con camiciole mezze sbottonate, scalze. Anche gli uomini, al porto, tiravano le reti a petto nudo. Dappertutto, come foglie di una giungla, c'erano gambe, braccia, seni, mani con le unghie dipinte. Andersen scorgeva ragazzini mezzi svestiti, esausti, sdraiati al sole, e ragazzine che si lavavano in un secchio, passandosi le mani dappertutto, senza pudore. Quei corpi erano lì, e ci voleva poco per prenderli, non bisognava neanche slacciare un corpetto, togliere i pantaloni. Erano pronti. C'erano profumi, sguardi disponibili, sensuali. Donne, uomini, giovanetti... Tutti sembravano pronti a baciarti ovunque, a carezzarti fino a farti svenire.

Era tormentato.

Fantasticava e aveva la sensazione che il suo corpo esplodesse, ma al contempo si sentiva in pericolo, una preda, e questo lo spaventava e lo attraeva in egual misura. Che fosse a Posillipo, o in via Toledo o sul Golfo, a Portici, davanti al Cristo velato o alla Madonna delle Reti, si sentiva osservato. Erano briganti, accattoni, curiosi, che volevano parlargli, chiedergli qualche soldo, magari derubarlo. Più di tutto, però, erano uomini e donne che si offrivano. Gli pareva che a Napoli non contasse la bellezza o la bruttezza, che fosse tutta una questione di prendersi, come animali selvatici. Scrisse nel diario: "Grande sensualità, e una lotta in me stesso. Sono ancora innocente, ma il mio sangue brucia".

Appostato vicino a casa sua, trovava ogni sera uno scugnizzo con un cappello di paglia. "Volete una ragazza?" gli domandava. Era giovanissimo; aveva la faccia da maschio, lucidata dal sole, ma gli occhi erano bistrati. Vicino a lui stava una ragazzina di forse quindici anni, seduta per terra con un vestito bianco che le lasciava le spalle scoperte.

"No," gli rispondeva Andersen, superandolo di slancio.

Eppure, ogni volta che arrivava a casa si sentiva turbato, e ogni sera era contento di incrociare la coppia, di lasciarsi suggestionare da quell'offerta. Erano sempre lì, ma qualche volta c'era solo uno dei due, e Andersen cercava di immaginare dove fosse l'altro, cosa stesse facendo, con chi fosse finito.

"Devo resistere," si ripeteva.

Sentiva allora il bisogno di andarsene da quei vicoli, di stare in mezzo alla natura, che gli sembrava meno eccitante. Non era del tutto vero. Una notte salì sul Vesuvio, lungo un sentiero stretto, sentiva caldo nonostante tirasse una bella brezza, in groppa a un mulo che abbandonò a poche centinaia di metri dalla vetta; lo spettacolo della lava lo lasciò attonito.

Pensò al fuoco, a possederlo.

Quasi ogni giorno andava al mare; contemplava il profilo della costa, e poi di colpo si tuffava. L'acqua non era mai gelida, neanche dopo un temporale. Adorava soprattutto andare in barca, farsi cullare dalle onde, accarezzare dal sole, sentirsi assetato. Andò a Ischia, a Procida, e poi si lasciò incantare dalla luce e dai colori della Grotta Azzurra, a Capri.

La sera gli tornò la voglia di stare in mezzo alla gente e decise di assistere a uno spettacolo al San Carlino, un piccolo teatro con due ordini di palchi. In scena c'era una farsa, donne imbellettate e uomini in costume, ma il suo entusiasmo per quel baccano durò poco, perché non capiva una parola e la trama era troppo complicata. Allora si annoiò e cominciò a sentirsi male, perché il teatro era affollatissimo e il caldo e l'odore di quei corpi erano nauseanti.

Decise di ripartire, di andare a Pompei ed Ercolano, dove fece parecchi schizzi. Disegnò la casa di Castore e Polluce, la prigione, due sposi dagli occhi intensi. Ma non trovò pace.

Rientrato a Napoli, restò in casa tutto il giorno, ma la sera uscì. Provava una strana inquietudine. Voleva una donna, finalmente. Era la sua occasione, lì, in Italia. Era deciso, sfrontato, e sentiva che una notte d'amore l'avrebbe reso più forte, spazzando via dubbi e fantasie. Girò allora per i vicoli dei Quartieri Spagnoli, ma trovò poche prostitute e nessuna che gli piacesse davvero. Gli parve un incantesimo; fino al giorno prima quelle strade ribollivano di corpi, e invece adesso era tutto vuoto, desolato, come un teatro dopo uno spettacolo.

Decise allora di cercare i due ragazzini.

Li trovò al solito posto, seduti su uno scalino. Avevano una damigiana di vino e lo sguardo perso nel vuoto; si erano ubriacati, e gli parvero troppo giovani.

"Volete una ragazza?" gli chiese lo scugnizzo, come tutte le altre sere. Andersen non gli rispose, ma l'altro intuì che, per la prima volta, la tentazione stava diventando indecisione, e allora si alzò, gli andò incontro, come mai aveva provato a fare. Doveva parlargli, convincerlo.

"No, grazie," disse Andersen, e gli volse le spalle.

L'altro, però, lo inseguiva, teneva il passo, gli saltava attorno, lo afferrava per il braccio e gli ripeteva che era tutto facile, pronto; c'era una casa lì vicino, dove si poteva salire subito, fare i propri comodi, "lei fa tutto quello che volete", c'era anche "una brocca d'acqua per lavarsi", "strada Nardona, numero 32".

Andersen provava ad accelerare, come per liberarsi dalla presa di un cane che lo aveva azzannato alla caviglia, ma quell'altro insisteva; conosceva gli uomini, i loro gusti, e sapeva che bisogna essere pressanti, certe volte, perché gli altri vincano la timidezza, perché prendano quel che vogliono davvero, nel profondo... Non c'è niente di male.

"No, grazie," ripeteva Andersen.

"Ma voi volete!" insinuava quell'altro.

"No."

"Volete una ragazza o un ragazzo?" gli chiese all'improvviso. "Non siate timido. Costo solo un poco più di lei, per i maschi, perché non è che mi piace tanto."

Andersen sudava, inebetito, incapace di spiccicare parola, e quell'altro insisteva.

"Volete una ragazza o un ragazzo?"

Andersen si mise a correre e il ragazzino alla fine lo mollò. Gli lanciò un ultimo sguardo di sufficienza. Che razza di uomo era, quello straniero alto e magro, con i piedi grossi? Di certo, non un buon cliente.

Allora Andersen si voltò e si accorse di essere rimasto solo. Si sentì in salvo, ma accelerò ancora. Non vedeva l'ora di essere al sicuro nella sua stanza, nel suo letto.

Nella testa continuava a risuonargli quella domanda.

Volete una ragazza o un ragazzo?

La sirenetta

Era stato via un anno e mezzo, ma a Copenaghen non era cambiato niente. Neanche un negozio, neanche un tiglio lungo Frederiksberg Allé. Lo trovò inquietante. Faceva freddo; c'erano pioggia e nebbia, fango per le strade. Pensò che in futuro avrebbe dovuto viaggiare spesso all'estero per evitare di intristirsi.

In agosto era stato ospite dei Wulff e poi aveva preso casa da Fru Larsen per otto talleri al mese. Era al 20 di Nyhavn, lì al porticciolo, sul canale dove comincia il mare. Aveva a disposizione due stanze luminose, con le finestre su Charlottenborg e l'orto botanico. La sera quel filare di pioppi gli ricordava i viali di cipressi italiani, e così gli veniva la nostalgia del Sud e la paura di perdere la libertà faticosamente conquistata.

Teneva un camino sempre acceso, sopra il divano era dipinto un angelo ed era appesa una croce: per Natale l'aveva riempita di nastri di seta e poi non li aveva più tolti. Il suo orgoglio era la sua piccola libreria, in cui investiva i pochi talleri che riusciva a mettere da parte: Cervantes, Dante, Shakespeare, Novalis, Goethe... e le fiabe dei fratelli Grimm, che andavano di gran moda.

Per la prima volta c'era il suo nome su un campanello. In molti passavano a trovarlo. Veniva ogni tanto Christian Voigt, che non gli parlava mai di Riborg e non sembrava intenzionato a sposarsi. Una volta era venuto Ludvig Müller, ma dopo qualche battuta se n'era andato, non si erano capiti, c'era stato imbarazzo.

Edvard non si era mai fatto vedere.

Quasi ogni giorno andava da lui una donna matura, rimasta vedova da poco, di nome Fru Bügel. Era saggia, e innamorata di Andersen. Con eleganza, gli regalava vino e mele, e una volta gli consegnò una vestaglia francese con rose rosse dipinte. Christian caldeggiò l'incontro: "È intelligente, dice a tutti di essere interessata a voi. Donne così sono preziose".

Ma ad Andersen non piaceva, non c'era niente da fare.

Aveva provato a darsi una disciplina.

Si svegliava alle otto, beveva un caffè, e poi per tre o quattro ore non abbandonava la scrittura di un romanzo della sua avventura in Italia, *L'improvvisatore*. A mezzogiorno andava all'Unione Studentesca a leggere i giornali e poi faceva un bagno, una passeggiata, o qualche commissione. A metà pomeriggio si assopiva una mezz'ora e poi c'era la cena, l'unico pasto sostanzioso della giornata.

Reitzel gli aveva anticipato duecento talleri per la pubblicazione del nuovo libro, ma i soldi gli scivolavano via dalle tasche come acqua. Scrisse nel diario: "Arriverà un giorno in cui dovrò risolvermi a diventare un insegnante o a cercare un lavoro sulle coste della Guinea".

Decise allora di partecipare a un concorso per un posto alla Biblioteca Nazionale, ma non lo vinse.

Rivederlo fu come uno sparo nella notte.

Edvard era sul divano, fumava la pipa lentamente, e leggeva un libro in latino. Gli occhi si erano incupiti, i capelli erano diventati più chiari, ma non era invecchiato. Era sempre lui.

"Buonasera, Edvard."

"Buonasera, Andersen."

"Vi trovo bene."

"Anch'io."

"Sempre uguale."

"Il tempo, per noi, non conta."

Andersen si sedette e si protese verso di lui, come per stargli il più vicino possibile; avrebbe voluto dirgli tante cose, abbracciarlo, portarselo via, far finta che il mondo non esistesse, e non esistessero i problemi, e nemmeno tutti gli altri.

Ma non poteva. Anche perché Collin li raggiunse subito. Non aveva più trovato in casa lettere di Andersen e questo l'aveva reso più sospettoso, anche se Edvard gli aveva giurato che la loro corrispondenza era cessata.

Trovò Andersen più maturo, più tranquillo. Pensò che il viaggio gli aveva fatto bene e che lui aveva ancora dell'affetto per quel ragazzo. Gli diede il bentornato con calore.

Andersen si ritrovò cullato dai ritmi di un tempo, lenti e dolci. Ma il cuore gli balzava nel petto ogni volta che vedeva Edvard ed era in ansia per quel matrimonio imminente.

Suonarono le sei ma nessuno si alzò per la cena. Andersen notò che mancava Ingeborg, dunque immaginò che stessero aspettando lei. E dal momento che tardava chiese: "Quando arriva Inge?".

"Non è lei che deve arrivare," rispose Collin.

Andersen capì subito e si agitò all'idea di quel che stava per succedere. Aspettavano Henriette Thyberg, la fidanzata di Edvard. Quando infine arrivò, Collin andò a riceverla personalmente, pieno di premure e ossequi. "Sedetevi lì, Jette," disse facendola accomodare vicino ad Andersen.

Andersen era furioso, non solo per la sua presenza, ma anche perché Collin la chiamava di continuo per nome, e non "Henriette" ma "Jette", il nomignolo con cui si rivolgevano a lei soltanto gli amici più intimi. Era una perfidia, averla invitata proprio il giorno del suo ritorno, e il suo nervosismo traspariva; la sua verve diventava malevola, e quando provava a fare una battuta risultava sgradevole, inopportuno.

Jette portava i capelli raccolti in uno chignon, camicetta bianca, gonna rossa, e un paio di orecchini deliziosi, che attiravano lo sguardo senza essere vistosi. Aveva un profumo fresco, di limone. Era intelligente, saggia, premurosa, divertente. Non aveva, nei confronti di Andersen, alcun astio, alcun sospetto, anzi, pareva sinceramente desiderosa di sapere del suo viaggio, dei luoghi che aveva visitato e delle persone che aveva incontrato.

"Come state, Andersen?"

"Benissimo, Henriette," tagliò corto lui.

"Sapete che Mimi vi adora? Mi parla sempre di voi."

"È una ragazza eccezionale."

"Come vanno le vostre poesie?"

"Non mi sento molto ispirato. Sto però scrivendo un lungo romanzo sull'Italia."

"Non vedo l'ora di leggerlo. Mi pare di conoscervi, leggendovi, al di là dei pochi scambi intercorsi tra noi. Nel vostro cammino di poeta ho probabilmente condiviso le vostre gioie e i vostri dolori," disse.

Edvard li guardava.

Ce li aveva davanti, una a fianco all'altro.

Allora Andersen provava a mettere gli occhi in quelli di Edvard, per capire chi guardasse davvero, a chi sorridesse dei due, chi fosse il suo preferito, il suo prescelto, nel profondo.

Non c'era dubbio: ogni tanto guardava Andersen con nervosismo, e Jette con serenità, ma in fondo sorrideva a tutti e due, allo stesso modo, come fossero tutti e due parte della sua vita e lui non sapesse, davvero, spiegarsi il perché.

In primavera cominciarono ad accennare al matrimonio, ma mai in modo esplicito, piuttosto come fosse un argomento che arrivava a tavola casualmente, tra le recensioni degli ultimi spettacoli teatrali e il prezzo del grano.

"Sarà l'estate prossima," diceva Collin.

"Mi piacerebbe a Søllerød," aggiungeva sua moglie. "C'è una bella villa, con una chiesetta."

"Io vorrei mangiare le tartarughe," interveniva Louise.

"Ci sarà del tartufo?" voleva sapere Theodor.

Ogni volta che se ne discuteva, Andersen sentiva una fitta al cuore e gli veniva difficile persino mangiare quel che aveva nel piatto, anche se si sforzava di far finta di niente. Però poi si riprendeva, capiva che ormai le nozze erano inevitabili, e infine un giorno se ne uscì con la promessa di scrivere per loro una canzone, come a cercare un ruolo nella cerimonia, un modo per dire che c'era anche lui, nella famiglia; ma dalla faccia di Collin capiva che quella prospettiva invece li turbava, e allora provava una sottile gioia maligna a pensare a cosa avrebbe potuto inventarsi, a come avrebbe potuto tormentarli con le sue strofe. "Già mi vedo quando, durante il banchetto, prenderò la parola per raccontare la mia amicizia così speciale con Edvard," diceva. Oppure: "Vi stupirò, il giorno del vostro matrimonio".

L'inquietudine lo tormentava.

Si svegliava nel cuore della notte immaginando Jette che

avanzava verso l'altare, mentre Edvard l'attendeva, sorridente, sotto lo sguardo compiaciuto degli invitati: "Questo non è certo un matrimonio di interesse", "Sono proprio fatti l'uno per l'altra", "Di certo li attende una vita felice".

No, doveva fare qualcosa.

Rovinargli la festa.

Prese a scrivere a Jette, quasi volesse corteggiarla: "Nessuna rosa fu più bella, né gli elfi più leggeri, di quella a cui invio questa lettera: la Jette del mio caro Edvard!". Poi confondeva le acque, come se fossero al centro di un triangolo i cui vertici erano collegati in vario modo da un intreccio inestricabile di linee. Le aveva persino scritto che, se diceva a Edvard "Ti amo", gli facesse sapere che glielo diceva pure lui.

Continuava a scrivere anche a Edvard, ma non riceveva mai risposta.

Un mattino gli sembrò di non avere la forza di alzarsi dal letto; quando la trovò andò a farsi visitare da un medico: il responso fu che era sfinito, doveva riposarsi, trascorrere l'estate fuori città. "Con quali soldi, dottore?" chiese lui, sarcastico, ma subito andò a chiedere un altro prestito a Collin, che fu felice di accontentarlo.

Finì a Lykkesholm, dove aveva trovato una stanza in un castello giallo con un lungo ponte levatoio. Ogni sera faceva una passeggiata, ascoltava i rumori del bosco e poi scriveva a Edvard. Buttava giù lunghe lettere piene di desiderio e poi le stracciava. Una notte si svegliò con un caldo intollerabile. Ripensò all'Italia, ai corpi che aveva sfiorato lì, per le vie di Napoli. Sognò Edvard, e sentì che era insieme a lui, nello stesso letto.

Si mise allo scrittoio: "Voglio scrivere una lettera direttamente dal mio cuore, proprio il tipo di lettera di cui poi mi pento. Vi dà fastidio? Vi desidero; sì, in questo momento vi desidero, come se foste una bella ragazza di Calabria, con i vostri occhi scuri e il vostro sguardo di fuoco".

Mi ha detto che deve partire.

Era a disagio, però, perché c'era qualcosa che doveva dirmi e non si risolveva a parlare, ma poi mi ha raccontato che i suoi genitori vogliono che conosca la principessa di un altro regno, desiderano che la prenda in sposa.

Deve aver letto nei miei occhi la paura di perderlo e gli è sfuggito un sorriso, mi ha preso in giro e poi mi ha assicurato che non ho motivo di preoccuparmi: andrà a conoscerla per non contrariare i suoi genitori, ma non desidera prendere moglie. "Se dovessi sposare qualcuno sposerei te, mia bella ragazza muta", e allora per un attimo sono stata felice, ma poi non gli ho creduto, perché non me l'ha chiesto davvero, di sposarlo, e queste cose non si dicono tanto per dire, si chiedono e basta.

"Vieni con me a conoscerla," ha aggiunto per rincuorarmi, e allora ho pensato che sì, vuole davvero avermi con sé, sempre vicina a lui, soltanto io, e forse presto chiederà a me di sposarlo, magari proprio davanti a quell'altra principessa.

Siamo salpati e presto ci siamo ritrovati in mare aperto. Avrei voluto parlargli dell'acqua, dirgli che vengo da lì, che lì c'è la famiglia che ho lasciato per lui, e che ogni tanto l'acqua mi chiama, mi dice di tuffarmi, di tornare indietro, che il mio destino non sarà propizio, ma so di non essere più in tempo, che ormai è tutto compiuto.

Il viaggio è durato poco, qualche giorno appena e in lontananza abbiamo avvistato il porto dove eravamo attesi. C'era il chiasso di tutto un popolo ad accoglierci, siamo entrati al mattino ed era una festa, un tripudio di giovanette che lanciavano fiori verso la nave, una schiera di trombettieri, e perfino un battaglione infinito di soldati che presentava le baionette in segno di omaggio.

Poi, la folla assiepata sulla riva si è aperta e da una carrozza è scesa la principessa.

È bella, davvero, ha un incarnato delicato, diafano, e sotto le lunghe ciglia scure ha occhi azzurri e fiduciosi. Lo ha salutato con una voce melodiosa.

Il principe è rimasto attonito, e io ho avuto un presentimento spaventoso. Subito dopo lui ha gridato che finalmente l'aveva trovata, era lei la creatura che l'aveva tratto in salvo durante il naufragio. Ho provato a fermarlo, a dirgli cos'era successo davvero quella notte: ero stata io a salvargli la vita e poi, per lui, ho rinunciato alla mia. Ma non ho potuto dirglielo. Il principe è andato verso di lei, e subito le campane hanno suonato a festa per annunciare il fidanzamento.

“Una ragazza calabrese!” tuonò Collin inferocito.

Salendo le scale della banca, per caso aveva trovato sui gradini una lettera caduta all’inserviente che smistava la corrispondenza nei vari uffici. Aveva letto il nome di Edvard, aveva riconosciuto la calligrafia di Andersen, l’aveva aperta.

Si era sentito tradito, nuovamente. Furibondo, si era presentato nell’ufficio del figlio e, contravvenendo alla sua natura, lo aveva travolto di improperi. Ne aveva inventati tanti che a un certo punto si era quasi pentito e si era zittito, esausto. Edvard ebbe una reazione strana. Non era preoccupato o contrito, perché da tempo si era preparato una spiegazione credibile, per ogni evenienza. Serafico, gli rispose: “Non gli ho certo detto io di scrivermi qui. Ma lui è astuto, probabilmente ha capito che intercettate la sua corrispondenza”.

Collin rimase colpito.

“Non voglio che vi scriva,” disse.

“Non mi scrive.”

“Ma se aveste ricevuto questa lettera, me l’avreste data?”

“Vi concedo di interessarvi dei miei affari personali e vi avrei detto di averla ricevuta. E soprattutto, non gli avrei risposto. Che mi dia della ‘ragazza calabrese’ mi sembra eccessivo.” E poi si mostrò offeso. “Che cosa temete, di preciso, papà? Sono stanco dei vostri sospetti sul mio conto. Conoscete le stravaganze di Andersen, e io peraltro sono felicemente fidanzato, sto per sposarmi. Francamente, non mi pare necessario tornare ancora su questo argomento."

Collin si era ripreso. C'era qualcosa che lo turbava, come se non potesse davvero fidarsi di suo figlio, come se avesse paura di non riuscire a capirlo fino in fondo. Disse solo: "L'importante è che non venga al matrimonio".

"È tra gli invitati."

"Lo dico per voi, potrebbe rovinare il giorno più bello della vostra vita."

"Adesso non esagerate. Cosa potrebbe fare?"

"Non lo so, Edvard. Temo che dica qualcosa fuori luogo, che si ubriachi... Non lo so. Non mi avete raccontato voi stesso che sovente alle feste dà spettacolo?"

"Non credo che lo farà al mio matrimonio. Mi è molto legato. E ha stima e ammirazione per Jette."

"Io penso invece che già pregusti un'occasione del genere. C'è qualcosa di morboso in lui, di malato. Soprattutto quando si tratta di voi. Vorreste davvero che nel bel mezzo del vostro matrimonio Andersen si alzasse con la sua voce effemminata dicendo che siete 'una bella calabrese'?"

"Le lettere non..."

"Sapete bene che Andersen non ha ritegno, certe volte."

"Anche voi gli siete affezionato. Vi considera un padre."

"Bel figlio che è!"

"Non potete rinnegare l'affetto che avete per lui."

"Infatti non voglio che ci sia anche perché soffrirebbe troppo. Ha un animo esageratamente sensibile."

"Come lo sapete?"

"Scrive cose magnifiche."

"Ma non lo capite."

"Se è per questo, nemmeno voi."

"No." Edvard abbassò lo sguardo. "In un certo senso, è un mistero."

Aveva dato ai famigliari, e anche a Jette, l'ordine di non parlare più della cerimonia in presenza di Andersen. Durante le cene del martedì non si toccava più l'argomento, e le conversazioni tornarono a essere gradevoli. I commensali cercavano di mettere Andersen a suo agio, di lusingarlo per i suoi successi, e ben più spesso che in passato lo invitavano a cantare accompagnato al pianoforte da Ingeborg, sempre ben lieta di fare sfoggio della sua abilità.

"Sono proprio curioso di questo nuovo romanzo che state scrivendo," diceva Edvard quando Andersen gli raccontava qualche nuovo progetto.

"Ci siete anche voi, tra i personaggi," rispondeva lui.

"Come sempre..."

Era Andersen, ogni tanto, a chiedere. "Quando sarà il matrimonio?" domandò in aprile, e gli risposero: "Non sappiamo ancora".

"Attendo l'invito, allora."

"Lo riceverete per tempo."

Passavano i mesi, e Andersen si accorgeva che lo evitavano, sempre di più, e gli tacevano qualcosa, perché aveva intuito da mille indizi che le nozze erano ormai imminenti; Edvard era emozionato, Jette si vedeva meno, e Louise si era lasciata scappare un commento entusiasta: "Ho finalmente provato il vestito!".

Capì che non lo volevano con loro, e questo lo infastidì, ma era più rassegnato che offeso.

All'inizio di giugno decise di partire da Copenaghen. Passò per Køge, Næstved e Slagelse. Arrivò nell'isola di Fyn, a Odense. A casa.

Il 16 luglio Edvard gli scrisse: "Il giorno del mio matrimonio non è ancora stato deciso". Il 29 luglio Collin lo avvisò che la cerimonia si sarebbe tenuta la settimana successiva, forse giovedì o venerdì. Il 6 agosto Collin gli scrisse: "Il matrimonio di Edvard è fissato per mercoledì 10 agosto", ancora senza dirgli dove.

Ricevette l'invito ufficiale il 9, quando era troppo tardi per andare.

Il 13 Collin gli mandò una lettera: "Caro Andersen, purtroppo ieri ho dimenticato che il denaro doveva esservi spedito venerdì, e me ne sono ricordato solo oggi, quando ho tirato fuori le lettere che dovevano ricevere risposta, tra le quali la vostra. Non mi è possibile spedire denaro per posta, e non voglio espormi al rischio che un direttore delle poste (i direttori delle poste sono tipi molto particolari) si insospettisca e blocchi una mia lettera. Spero che riuscirete a raccogliere un capitale di 10 talleri senza difficoltà, 20 se servisse. Mercoledì scorso Edvard si è sposato a Søllerød e la festa di nozze era a Fortunen; le sorelle vi racconteranno tutto quando sarete tra noi. Cordiali saluti. Collin".

Lesse la lettera di Collin prima di sera, qualche giorno dopo la cerimonia; subito la stracciò, ma gli si impresse a fuoco nella memoria, frase per frase. Nella notte, scrisse una missiva di felicitazioni per gli sposi.

Riposò male e l'indomani mattina uscì tardi, per andare in centro. Vide la casa di Iversen, la Cattedrale, sentì un profumo di oca arrosto proveniente dall'osteria e gli sembrò di essere tornato bambino. Andò verso le mura. Voleva vedere la casa gialla dove quell'estate non era ancora stato; quando ci arrivò sbirciò dentro le finestre e scoprì che ci viveva una coppia, adesso, e avevano anche loro un unico figlio, che non gli somigliava per niente.

Entrò nella chiesa di Sankt Knud, e chiese a Dio di benedire Edvard e Jette, quindi recitò una preghiera anche per sé.

Gli venne poi l'idea di far visita a Gotfred Schenk, per vedere come si era sistemato. Lo trovò in una casetta malconcia, tutta scrostata, e bussò un paio di volte prima che qualcuno dicesse: "Avanti". Il soffitto era così basso che doveva stare chinato, c'erano due sedie sole, e poca cura. Schenk era seduto vicino a un tavolo. Doveva essere appena tornato dalla pesca, a giudicare dalla sporcizia e dal cattivo odore. Era invecchiato molto più di lui, come se avesse vissuto una vita in più.

"Andersen," disse, riconoscendolo senza indugio. "Sei vestito come un damerino."

"Come stai?"
"Male. Stanotte non ho preso niente."
"Il mare era in burrasca?"
"Tutt'altro: era fin troppo placido, calmo. Sembrava morto, non c'era un pesce a nuotare. E tu che ci fai qui?"
"Sono venuto in villeggiatura per qualche giorno."
"La villeggiatura la fanno i ricchi."
Si misero a parlare con naturalezza e Schenk gli presentò la moglie che lo guardò con gli occhi rossi di una matta. Aveva cinque figli, Schenk, tre che erano in giro a lavorare, e un paio lì: l'ultimo era appena nato, e piangeva inconsolabile; l'altro, già grande, non riusciva però a camminare e parlava a fatica. Schenk offrì ad Andersen del sidro, e parlarono del passato.
"Cosa vuol dire che sei uno scrittore?"
"Che mi immagino le cose che non ci sono."
"Allora siamo tutti scrittori, per sopravvivere."
Quando finirono di chiacchierare, Andersen gli lasciò un tallero d'argento.

Pensò di arrivare fino al mare.
Quando era bambino sua madre glielo impediva, diceva che era pericoloso e c'erano le streghe; così, se voleva fare una nuotata, poteva al massimo risalire il Rosen fin dentro la foresta.
Quel giorno invece il sole era ancora alto, non c'era una nuvola in cielo e lui non voleva vedere nessuno. Decise di mettersi in cammino; era immerso nei suoi pensieri, e il tragitto gli parve più breve di quanto ricordasse.
Sulla superficie del mare scorse una piccola onda, un'increspatura. Subito, però, l'acqua si acquietò. Gli venne da sorridere immaginando che qualche creatura del mare lo stesse spiando, e poi si fosse nascosta. Forse, pensò, lì dove l'acqua è azzurra come i fiordalisi esiste un altro mondo, uno al rovescio.
Forse, lì si è più felici. O forse no.
Pensò di scrivere una storia.

Era la sua, di storia, perché non ne aveva altre di cui gli importasse. Era lui che andava via da Odense, arrivava a Copenaghen, e si innamorava di un ragazzo, che però finiva per sposare una donna. Un'altra, che non era lui.

Sapeva di non poterla raccontare così, avrebbe dovuto inventarsi un altro modo. Un modo per dire l'amore, sì, e la fatica, e la speranza, e la gioia, e poi la disperazione; un modo per dire che è così la vita, meravigliosa e incomprensibile, e qualche volta non si riesce ad amarsi, non ci si può amare, anche se ci si prova fino allo sfinimento.

Uno, semplicemente, non ce la fa.

Cominciò a spogliarsi e lasciò i vestiti dietro di sé.

Aveva solo voglia di nuotare.

Edvard

All'inizio del 1837, all'età di trentadue anni e sei mesi dopo il matrimonio di Edvard e Jette, Andersen pubblicò *La sirenetta*. La fiaba conobbe subito un successo mondiale, inaspettato.

Andersen visse a lungo, fino a settant'anni, e gli spettò un'esistenza eccezionale, perché frequentò i fratelli Grimm, Charles Dickens, Kierkagaard e la migliore società danese. Fu amico del re di Danimarca e del principe di Prussia. Non gli mancò mai più il successo, anche se i soldi lo tormentarono sempre, anche quando ne ebbe a sufficienza. Continuò a innamorarsi, per tutta la vita, di uomini e donne, senza mai essere ricambiato fino in fondo.

Morì vergine. Provò più volte ad andare con una prostituta, senza riuscirci. Una volta baciò un uomo sulle labbra, un ballerino di nome Harald Scharff.

Per tutta la vita fu vicino ai Collin, e particolarmente a Edvard e Jette. Si scrissero, sempre, con pause e ritorni, gelosie e vicinanza. Per tutta la vita amò Edvard, forse si amarono.

Edvard e Jette ebbero un figlio che portava il nome del nonno, Jonas; Andersen ne fu il precettore, lo accompagnò nel Grand Tour e in molti altri viaggi.

Hans Christian Andersen morì qualche anno prima di Edvard e Jette e a Edvard lasciò tutte le sue carte, perché ne curasse la scelta e la pubblicazione. Nessuno può sapere se

Edvard abbia distrutto alcune delle lettere che si erano scambiati, o altre carte compromettenti, ma è probabile che sia andata così.

Edvard Collin si occupò della sepoltura del suo più stretto amico. Senza che Andersen glielo avesse chiesto, diede disposizione di essere sepolto, quando sarebbe arrivato il momento, accanto a lui e che anche Jette riposasse con loro.

Erano in tre, tre tombe vicine, al cimitero di Copenaghen.

Qualche tempo dopo, la città decise di dedicare ad Andersen un monumento funebre, e lo spostarono da lì, seppellendolo altrove, da solo.

All'inizio del Novecento Carl Jacobsen – figlio di Jacob Christian Jacobsen, il fondatore della birreria Carlsberg – decise di donare una statua della Sirenetta alla città, per farne per sempre il suo simbolo.

Non sapeva, in fondo, che cosa raccontasse davvero quella storia. O forse sì, sapeva che era una delle più grandi storie d'amore di tutti i tempi.

Indice